UCCISO DA UN DIDGERIDOO

I GIALLI DI JAMIE QUINN LIBRO 1

BARBARA VENKATARAMAN

Traduzione di
MARCELLA DI CINTIO

Per tutto il loro sostegno, i loro consigli e il loro entusiasmo, voglio ringraziare tutte le mie "reader girls": Janet, Jodi, Joette, Kahlia, Linda, Mai, Michela, Myra e Nanette.

CAPITOLO 1

Non so perché mi senta in colpa, non l'ho mica ucciso io, quel tipo. Non lo conoscevo nemmeno, ma tutti dicevano che fosse un gran bastardo. Mettiamola così, quando si è saputo che Spike era morto, che era stato ucciso con uno dei suoi strumenti musicali, sono partiti i festeggiamenti in tutta la città. Alcuni hanno brindato alla sua morte con champagne costosi, mentre altri hanno fatto tintinnare bottiglie di birra fredda; in base al quartiere. E mentre si raccontavano molte storie quella notte – nessuna di queste era lusinghiera, ve lo assicuro – tutti erano d'accordo su una cosa: Spike era un bugiardo e un imbroglione, una vergogna di uomo, avrebbe derubato sua madre, se avesse saputo dov'era, o sarebbe andato a letto con la moglie di un amico, se avesse avuto un amico, cosa che non aveva. L'unica compagnia di Spike era il suo cane, Beast, un pastore tedesco che lo seguiva ovunque, e nemmeno lui era molto amichevole.

Probabilmente vi starete chiedendo come Spike abbia potuto avere un negozio di musica così di successo, pur essendo un *tale* idiota. La risposta è semplice: era una rock star. Per davvero. I suoi assoli di batteria erano leggenda. Dopo che il primo album degli *Screaming Zombies*, **Deathlock,** divenne disco di platino nel 1999 e Spike vinse il titolo di batterista dell'anno, sembrava che non ci fosse modo di fermare la piccola band di liceali. Spike trovò un modo. Con il suo enorme ego e la sua predisposizione alla paranoia, riuscì a far incazzare tutti in poco tempo, inclusi il manager della band, l'agente, il pubblicitario, il produttore, fino al capo dell'etichetta discografica. Soprattutto i tecnici del suono lo disprezzavano. Gli sistemavano la batteria nel modo sbagliato o gli spegnevano le casse ogni volta che potevano. E non dimentichiamo il resto degli *Screaming Zombies*, Snake, Slasher e Slime, alias Daryl, Marcus e Ricardo; avevano un milione di ragioni per odiare Spike, la maggior parte delle quali erano di un inconfondibile verde, con sopra immagini di presidenti morti. Lo incolpavano dell'implosione della band e dello spettacolare crollo verso il basso che li aveva lasciati al verde come quando avevano iniziato. Dicono che bastino solo dieci minuti per abituarsi a vivere nel lusso, ma una vita intera per abituarsi a vivere senza. Fortunatamente per gli Zombies erano sempre fatti, così i loro ricordi della bella vita erano troppo confusi per essere dolorosi.

Andiamo avanti veloce di tre settimane, fino al presente, quando Spike, morto ovviamente, ha in qualche modo preso il controllo della mia vita, facendomi mettere a rischio la mia casa, la mia reputazione e la mia sanità mentale. Beh, ammettiamolo, tanto per cominciare, non ero una persona stabile neanche prima, ma comunque...

È difficile cominciare a raccontare, ma eccoci qui.

Il mio nome è Jamie Quinn. Jamie non è l'abbreviazione di niente; mia madre pensava solo che fosse un bel nome, uno che offrisse più opportunità di Courtney o Brittany. Non voleva appesantirmi con gli stereotipi della società scegliendo un nome troppo femminile, o che suonasse come quello di una coniglietta di playboy. Guardava sempre al futuro, il che la rendeva anche una grande infermiera. Riusciva a unire i punti più velocemente di chiunque altro, sapeva sempre quando un paziente stava per peggiorare. I suoi colleghi dell'Hollywood Memorial Hospital (uno dei migliori ospedali della Florida) erano così colpiti dalla sua abilità, che iniziarono a chiamarla "Sue la sensitiva." Anche se lei faceva finta di niente ogni volta, penso che fosse orgogliosa del suo soprannome. Era il suo superpotere, diceva. Superman poteva avere la vista a raggi X, ma non avrebbe mai potuto eguagliare le sue capacità diagnostiche.

Purtroppo, come ogni super potere, quello di mia madre poteva essere usato per il bene o per il male. E quegli occhi verdi nascondevano dei segreti. Quando il suo cancro tornò, lei fu la prima a saperlo, ma lo tenne per sé finché non fu troppo tardi per una cura. Sono sicura che abbia avuto le sue ragioni, ma non me ne viene in mente neanche una che abbia senso. Come al solito, aveva pianificato tutto. La sua assicurazione sulla vita ha pagato la piccola casa in cui sono cresciuta in Polk Street e mi ha lasciato abbastanza soldi per prendermi un pò di tempo libero e raccogliere i miei pensieri. La raccolta dei pensieri è stata una sua idea. Ora, sei mesi dopo, sto ancora cercando di raccoglierli, ma è inutile. Sono ombre cinesi, sbuffi di fumo grigio che fluttuano nel mio cervello e si rifiutano di essere catturati. In qualche modo, mia madre sapeva che la sua morte sarebbe stata una bella botta per me. Sue la sensitiva colpisce ancora.

C'è un'altra cosa che dovete sapere di me: non dormo quasi per niente. Mettiamola così, se facessi un corso di sonno, prenderei una 'F' (con una 'A' per lo sforzo, ma non conta). Ma non pensate che mi stia autocommiserando – non è così. Tutto questo è rilevante per la storia. Siccome non dormo molto, di notte vago per la casa come il fantasma del padre di Amleto (anche lui si chiama Amleto, naturalmente), ma sono molto più tranquilla. Non faccio tintinnare le catene e non chiedo niente a nessuno. Tuttavia, ho bisogno di dormire di più durante il giorno rispetto alla maggior parte delle persone, solo per recuperare, cosa che sono in grado di fare ora che non sto lavorando. Ve lo dico solo per farvi capire come ho fatto a dormire durante la chiamata di mia zia Peg e il suo messaggio isterico sulla mia segreteria telefonica.

Era lunedì primo luglio, il giorno in cui Spike (appena morto) ha preso possesso della mia vita. Scesi dal letto verso le undici (di mattina) dopo una notte particolarmente dura (anche se a questo punto diventava sempre più difficile classificarle), quindi non notai la luce lampeggiante sul telefono fino alla seconda tazza di caffè. Quasi nessuno mi chiama sul telefono fisso, così pensai che fosse solo telemarketing o qualcuno che stava facendo un sondaggio. Quando finalmente cedetti e premetti il pulsante, il suono stridulo del pianto di mia zia Peg mi fece rovesciare il caffè sulle ginocchia. Le sue parole fecero schizzare la mia adrenalina a nuovi livelli.

"Oh, mio Dio, Jamie, dove sei? Non riesco a

trovare il tuo numero di cellulare... non so cosa fare. Ho bisogno del tuo aiuto... Adam è nei guai (singhiozzava in quel punto e non riuscivo a capire cosa stesse dicendo) lui è... lui è... stato arrestato! Sono così spaventata. Per favore, chiamami appena senti il messaggio...."

Ero ufficialmente spaventata. Primo, perché mia zia al telefono assomiglia tantissimo a mia madre. Secondo, perché mio cugino Adam non è una persona che dovrebbe finire in prigione, *mai*. E terzo, perché come ci si può aspettare *che io* possa aiutare in una crisi di questa portata? Riuscivo a malapena a prendermi cura di me stessa!

C'è un'altra cosa che dovrei dirvi su di me, ma non mi piace tirarla fuori. Dato che non ho scelta, la butto lì e spero che non pensiate male di me, o facciate supposizioni sulla mia onestà o integrità. La verità è che... sono un avvocato. Ecco, l'ho detto. Spero che questo non abbia cambiato la vostra opinione su di me. Pratico esclusivamente il diritto di famiglia, il che significa che la mia area limitata di competenza comprende il divorzio, l'adozione, la paternità, la custodia e il mantenimento dei figli. Dico 'limitata' perché sono le uniche cose in cui ho competenza, ed è già abbastanza difficile starci dietro. Il problema è che amici, familiari, conoscenti e persino sconosciuti tendono a chiedermi consigli in aree legali di cui non so nulla. Mi dispiace davvero, ma non posso aiutarvi con un acquisto immobiliare, o dirvi quanto vale il vostro infortunio alla schiena; non posso aiutarvi a presentare richiesta di previdenza sociale, o consigliarvi se dichiarare fallimento. E di sicuro non posso rappresentarvi in una causa penale.

Per il bene di Adam, speravo che non fosse quello che mia zia aveva in mente.

Quando la richiamai, zia Peg era passata da isterica a stranamente calma e non so quale delle due cose mi preoccupasse di più. Disse che erano alla stazione di polizia di Hollywood dove Adam era detenuto. Doveva stare con lui, quindi non poteva parlare, ma mi avrebbe informato su tutto una volta arrivata.

"Arrivo lì il prima possibile", dissi. "Voi tenete duro, ok?" Volevo sembrare rassicurante, ma non sono esattamente la cavalleria.

"Ci proverò, Jamie", disse lei, la sua voce si incrinò. "Ma c'è un'altra cosa che ho bisogno che tu faccia…"

"Certo, zia Peg, cosa c'è?"

"Puoi venire vestita da avvocato?"

Ciò che mi spaventava di più, come nuovo avvocato, era che ancora non immaginavo quanto fosse profonda la mia ignoranza. Più imparavo, più mi rendevo conto di quanto non sapessi. Ho sentito che le scuole di legge oggi insegnano effettivamente agli studenti come praticare la legge, e non solo ricerca e scrittura. Beh, era ora, dico io. Ora che sono dieci anni che faccio l'avvocato, so cosa fare e dove stare, come vestirmi e come negoziare e, se non sono sicura di qualcosa, di solito posso bluffare. Ho anche imparato a valutare i miei avversari: quelli nervosi con le mani tremanti, quelli spavaldi con qualcosa da dimostrare, e quelli freddi e sicuri di sé che avrei voluto emulare. Ma, come diceva il mio primo capo, metà della battaglia è solo presentarsi. L'altra metà è prepararsi al meglio con le informazioni che si hanno.

In questo caso, non avevo alcuna informazione su cui basarmi, tranne ciò che già sapevo della situazione di Adam. Mi sedetti al computer per trovare lo statuto di cui avevo bisogno e ne stampai rapidamente una copia, insieme agli emendamenti. Poi, guardandomi allo specchio, mi aggiustai il bavero del mio "tailleur del potere", quello blu marino. Dopo aver messo l'elegante collana d'oro di mia madre, aggiustai i capelli e il trucco e conclusi spolverando la mia valigetta. Ero pronta. Se non fossi stata già un avvocato, avrei potuto facilmente interpretarne uno in televisione.

Non riuscivo a ricordare l'ultima volta che ero uscita di casa, ma doveva essere passata almeno una settimana. I giorni si confondevano tra loro. Quando non si lavora, scopri che non dai molta importanza a che giorno sia. Dopo aver preso l'ombrello dal trespolo vicino alla porta d'ingresso, scivolai al volante della mia Mini Cooper. Non c'era bisogno di controllare il meteo, le giornate estive sono sempre uguali qui: calde e afose al mattino, temporali nel pomeriggio.

Quando si pensa al sud della Florida (e come si può evitare quando siamo sempre nei notiziari?) probabilmente si pensa a South Beach, alla moda o alla elegante Palm Beach, dove Donald Trump ha una villa; si può anche pensare a Fort Lauderdale, dove gli Spring Breakers sciamavano sulle spiagge in orde di ubriachi finché non venivano cacciati, ma probabilmente non si pensa mai a Hollywood, la tranquilla cittadina che si trova tra Miami e Fort Lauderdale. Con un'area di sole trenta miglia quadrate, Hollywood è senza pretese, accessibile e pittoresca. Le strade portano il nome di presidenti, ammiragli e generali, il che può trasformare un viaggio al negozio di alimentari in una lezione di storia americana. Suppongo che il GPS abbia tolto tutto il divertimento. È strano come la tecnologia migliori la vita e la sminuisca allo stesso tempo.

Trovo confortante vivere a Hollywood, non solo perché sono cresciuta qui, ma anche perché non è cambiata molto nel tempo. Posso rivivere i miei ricordi preferiti quando passo davanti ai miei punti di riferimento: il ristorante Wings 'N' Curls, dove ci incontravamo dopo le partite di football al liceo, e lo Stratford's Bar, dove andavamo a giocare a biliardo e a bere birra a buon mercato al college. Se sei abbastanza fortunato da vivere e lavorare a Hollywood, non c'è bisogno di fare il pendolare; tutto è vicino. Per esempio, ci sono solo quattro miglia da casa mia su Polk Street alla stazione di polizia di Hollywood, ma presi comunque le strade secondarie, per evitare i semafori. Sarei arrivata troppo presto e il pensiero di Adam, il povero indifeso Adam, in arresto, mi faceva attorcigliare lo stomaco. Tutte le volte che non c'ero stata per lui ora mi formicolavano il cervello. Dovevo concentrarmi, se volevo aiutarlo.

Arrivai pochi minuti dopo e trovai un posto all'ombra per parcheggiare, ma non spensi la macchina. Mi sentivo un pò nel panico, devo ammettere. Dieci anni da avvocato e cosa sapevo di diritto penale? Solo quello che avevo imparato guardando una maratona di *Law and Order* una domenica – e avevo dormito per la maggior parte del tempo. In altre parole, niente. Anche se l'aria condizionata soffiava fredda come il ghiaccio, perle di sudore punteggiavano il mio labbro superiore e le mie mani cominciavano a inumidirsi. Prima di iniziare a sudare nella mia migliore camicia di seta, decisi di chiamare la mia amica Grace. Lei avrebbe saputo cosa fare. Grace era consulente legale di una grande società finanziaria, ma era stata un avvocato d'ufficio subito dopo la laurea. La chiamata andò direttamente alla segreteria telefonica e il mio cuore sprofondò. Dovevo andare alla cieca, che scelta avevo? Sentii il mio battito pulsare nella tempia sinistra mentre respiravo per calmarmi e spegnevo il motore. Proprio mentre mi stavo preparando per uscire dalla macchina, il mio telefono suonò. Un messaggio di Grace! Tecnologia in soccorso! Ritiro tutto quello che ho detto prima. Con un sospiro di sollievo, riaccesi la macchina e studiai il mio telefono con un'intensità che di solito riservo alle foto di Hugh Jackman.

Ehi J, sono bloccata in una riunione, stai bene?

Non così bene, Gracie – mio cugino Adam è stato arrestato!

OMG! Che diavolo è successo?

Non ne ho idea... sto per entrare nella stazione di polizia di Hollywood. Ho bisogno del tuo aiuto, non so che fare!

Ok, ecco il piano: se è stato accusato, chiamami al più presto e non farlo parlare con nessuno.

Potrebbe essere troppo tardi...

Vero. Il procuratore potrebbe spingere per una valutazione psicologica, ma dovrete evitarlo a tutti i costi, o potrebbero trattenerlo per 72 ore.

Oh Dio, questa è l'ultima cosa di cui Adam ha bisogno!

Esattamente. Ora, se non lo accusano, sei a posto. Basta usare le parole giuste e avrai una carta "esci gratis di prigione." Ora ti mando il link...

Gracie, sei la migliore!

Sì, lo so. Chiamami più tardi.

Certo. Augurami buona fortuna...

Mentre attraversavo la breve distanza dal parcheggio alla porta d'ingresso, l'asfalto luccicava nella calura di mezzogiorno, creando miraggi acquosi che spuntavano e scomparivano dalla vista. Le palme torreggianti incombevano su di me come sentinelle. (Ad essere onesti, ho avuto paura delle palme alte dal giorno in cui sono stata quasi colpita da un'enorme fronda di palma che cadeva da trenta metri di altezza. Proprio davanti al tribunale! Un caso di lesioni personali annunciato. I testimoni sarebbero stati tutti avvocati, tranne quel fortunato ragazzo (o ragazza) che io (o la mia proprietà) avrei assunto per il caso. Che colpo di fortuna sarebbe stato. (Ma che modo stupido di morire, no?)

Ero passata davanti alla stazione di polizia centinaia di volte mentre andavo in tribunale, ma non ero mai stata dentro. In effetti, non ero mai stata in *nessuna* stazione di polizia – perché avrei dovuto? Non avevo idea di cosa aspettarmi. Forse le ore passate a guardare *Castle* e *The Mentalist* mi avevano preparato per la realtà, ma avevo i miei dubbi.

Credo che mi aspettassi di passare attraverso un metal detector, dato che è la procedura al palazzo di giustizia, ma non era il caso. Invece, mi trovai in un piccolo atrio pieno di gente infelice. Era uno zoo. Da un lato, una donna sconvolta con un bambino urlante piangeva con un ufficiale donna, mentre, a pochi metri di distanza, due uomini dall'aspetto trasandato si stavano urlando in faccia l'un l'altro per un tosaerba rotto. Almeno credo che stessero litigando per questo. Dovetti farmi strada a forza per raggiungere la receptionist, che era al sicuro dietro un vetro antiproiettile. Era una ventenne annoiata con i capelli color magenta che a malapena alzò gli occhi dal suo computer per guardarmi. Sembrava immune al trambusto nell'atrio. Avrebbe potuto accadere in un'altra dimensione, o su un pianeta lontano.

"Lei è un avvocato, signora?", chiese.

"Sì, sono qui per Adam Muller. Credo che sia in custodia."

"Ho bisogno di vedere la sua tessera dell'ordine degli avvocati della Florida e la sua carta d'identità. Ha con sé armi da fuoco o di qualsiasi tipo?"

"No, no, assolutamente." Da *quando la mia città natale si è trasformata in un far west?*

Dopo una rapida occhiata alla mia carta d'identità, mi congedò con un cenno del capo. "Seconda porta a destra", disse, premendo il pulsante di apertura con un colpetto della sua lunga unghia viola.

Mentre aprivo la porta, diedi un'occhiata ai ragazzi del tagliaerba che ora si stavano maledicendo a vicenda in una lingua che sembrava russo. Un ufficiale con la corporatura di un difensore si stava dirigendo verso di loro, aveva un'aria torva. Mantenere la pace sembrava una faccenda complicata. In effetti, sembrava il peggior lavoro da babysitter di sempre.

Il contrasto tra l'ingresso e l'altro lato della porta era notevole. Un piccolo passo mi aveva portato dal caos a un universo ben ordinato dove tutti avevano uno scopo e una funzione. Intorno a me, agenti di polizia in uniforme e civili si affaccendavano, alcuni portavano cartelle, altri discutevano velocemente nel corridoio. Se l'atrio assomigliava a un formicaio che era stato preso a calci, l'ufficio interno era un alveare ronzante. Ahimè, devo riferire che non assomigliava per niente al set di *Castle* o di *The Mentalist*. Che delusione. Sapevo che la mia giornata sarebbe stata in discesa da lì...

La seconda porta a destra non era segnata, così bussai leggermente prima di aprirla. Una voce stridula, ma familiare, ruppe il silenzio.

"Lasciateci in pace! Mio figlio ha dei diritti!"

"Calmati, zia Peg, sono io", dissi, mentre scivolavo silenziosamente nella stanza, chiudendo la porta dietro di me.

"Oh, Jamie, grazie a Dio sei qui!" Disse prima di crollare tra le mie braccia, singhiozzando.

Le diedi una pacca sulla schiena e la tranquillizzai mentre mi guardavo intorno nella stanza spoglia. La moquette blu era nuova e le pareti erano state dipinte di fresco, ma non c'erano decorazioni o quadri che spezzassero il bianco accecante. Al centro della stanza c'era un piccolo tavolo rotondo con quattro sedie modulari e, raggomitolato in un angolo, abbracciato alle ginocchia che si dondolava avanti e indietro, c'era mio cugino Adam.

CAPITOLO 2

"Puoi dirmi *per favore* cosa sta succedendo?" Chiesi.

Io e mia zia eravamo sedute al tavolo, mute, nonostante i miei tentativi. Adam era ancora in un angolo, fuori dal mondo, proprio come faceva da bambino, prima che la terapia e l'ossessione per la musica lo aiutassero a imparare a cavarsela. Si sarebbe ripreso quando sarebbe stato pronto. Fino ad allora, era meglio lasciarlo in pace. La povera zia Peg aveva un aspetto così abbattuto; era come se ventidue anni di protezione di Adam l'avessero stremata, alla fine. Nemmeno quando lei e Dave stavano divorziando, quando il loro matrimonio era crollato sotto lo sforzo di prendersi cura di Adam, aveva avuto un aspetto così sconfitto. Aveva solo quarantadue anni, ma ne dimostrava sessantadue in quel momento, con borse sotto gli occhi e rughe profonde sulla fronte. La guardai prendere una graffetta dal tavolo, la torse e stirò finché non si ruppe. Alzò lo sguardo verso di me.

"Jamie, voglio svegliarmi da questo incubo, ma non posso! Tutto è cominciato questa mattina... ho accompagnato Adam alla sua lezione di musica, come faccio sempre. Sta prendendo lezioni di batteria al negozio di musica di Harrison Street. Quando sono andata a prenderlo un'ora dopo, c'erano macchine della polizia e un'ambulanza che bloccavano la strada. Mi sono quasi schiantata con la macchina, ero così terrorizzata che ho pensato che fosse successo qualcosa a Adam! Qualsiasi madre sarebbe andata nel panico, ma per me è stato peggio, a causa di Adam. Lui non capisce quando sta per trovarsi in un guaio. Si fida troppo, anche dopo quello che è successo con quegli orribili bambini..."

Ricominciò a piangere e tirai fuori un fazzoletto dalla borsa. Gli avvocati divorzisti hanno sempre dei fazzoletti a portata di mano.

"Allora cos'è successo, zia Peg?" Non riuscivo a immaginare dove stesse andando a parare questa storia.

"Ho fermato un poliziotto – più che altro l'ho afferrato – e ho chiesto di sapere cosa stesse succedendo. Ha detto che c'era stato un omicidio! Ho iniziato a piangere e a gridare per Adam e poi... lui... ha detto... che Adam non era ferito, ma lo stavano prendendo in custodia!"

Era sull'orlo dell'isteria, così chiuse gli occhi e fece qualche respiro profondo. Avevo già visto Adam usare questa tecnica calmante.

Aspettai un minuto e poi la toccai delicatamente: "Zia Peg?"

Continuò come se fosse in trance. "Ho seguito la macchina della polizia fino alla stazione. All'inizio non mi volevano far entrare perché Adam è maggiorenne, ma quando l'hanno visto così, hanno cambiato idea." Si fermò e guardò Adam con le lacrime agli occhi.

"Margaret Muller, guardami!" Sbottai.

"Cosa, Jamie?"

"Mi vuoi dire chi è morto?"

"Mi dispiace, credevo di avertelo detto: è l'insegnante di musica di Adam, Spike. Uno degli altri insegnanti ha sentito un urlo ed è corso nella stanza. Ha visto Adam in piedi accanto al corpo di Spike. E aveva le mani insanguinate..."

Saltai in piedi dalla sedia. "Oh, mio Dio, è terribile! Ma Adam deve averlo trovato così, giusto?"

"È quello che ho detto, ma l'hanno arrestato lo stesso!" Seppellì la faccia tra le mani.

Sentivo come se la stanza si stesse rimpicciolendo. L'aria era così soffocante che pensavo di svenire. Era molto peggio di quanto potessi immaginare. *Pensa, Jamie, pensa!* Ogni volta che ho una crisi, cerco di mettere le cose in prospettiva chiedendomi: *Se mando tutto a puttane, morirà qualcuno?* Di solito, la risposta è no...

Grace sarebbe stata in grado di risolvere il problema, ne ero sicura, ma avevo bisogno di più informazioni. Cominciai a camminare avanti e indietro, consumando la moquette nuova.

"Zia Peg, supereremo tutto questo, ok?" Le misi un braccio intorno alle spalle, era solo un mezzo abbraccio, ma sembrava funzionare. Lei annuì.

"Dimmi cosa è successo da quando sei arrivata, Adam ha detto qualcosa?"

"Non una parola."

"È venuto qualcuno a parlare con te?"

"Sì, il detective Hernandez è un giovane in giacca e cravatta. Gli ho detto che il nostro avvocato stava arrivando. Dovevo avvisarli al suo arrivo."

Decisi che era un buon momento per tirare fuori

il telefono e leggere le informazioni che Grace mi aveva inviato. Corso intensivo di diritto penale! Ero così fuori dalla mia zona di comfort che pensavo non avrei mai trovato una strada. Mi ricordai dello statuto che avevo nella mia valigetta (era l'unica cosa lì dentro, a parte un blocchetto per appunti) e lo tirai fuori. Dissi a mia zia di non muoversi, avrei trovato il detective Hernandez.

"Un'altra cosa", dissi, "e questo è davvero importante. Fai finta che non siamo parenti. È meglio se non pensano che io abbia interessi in questo affare, ok?"

"Va bene, ma come devo chiamarti? Signorina Quinn?"

"In realtà, preferisco 'vostra altezza' o 'mia signora', ma puoi chiamarmi Jamie. Solo per oggi." Sorrisi e la baciai sulla guancia. In cambio, lei mi strinse la mano e mi fece un debole sorriso. Sembrava uno scambio equo.

CAPITOLO 3

Mi stavo dirigendo verso il corridoio, quando qualcuno mi diede un colpetto sulla spalla.

"Mi scusi, lei è Jamie Quinn?"

Mi girai e mi trovai faccia a faccia con un modello da copertina di GQ. Dalle luccicanti scarpe a punta di diamante, il suo abito Armani su misura, i suoi capelli neri gelatinati, sembrava che questo tizio stesse andando da qualche parte, se non era già arrivato. Ero abbastanza sicura che non fosse il detective Hernandez.

"Vedo che la mia reputazione mi precede", dissi con un sorriso. "E lei è?"

"Nick Dimitropoulos, ufficio del procuratore di Stato." Mi strinse la mano con fermezza ma brevemente, come per dovere.

"Sono stato assegnato al caso di omicidio da questa mattina. Lei rappresenta Adam Muller?" Cercò di sembrare disinvolto, ma vedevo che era eccitato, come un leone che gira intorno a un branco di gnu. Beh, questo tizio si stava mettendo contro lo gnu sbagliato.

"Sì, sono io." *Queste parole sono davvero uscite dalla mia bocca?*

"E per quale studio lavora?" chiese, guardando il mio vestito vecchio di due anni, acquistato da Macy's. Come diceva mia madre, i classici non passano mai di moda.

Sorrisi dolcemente. Solo gli avvocati principianti ti giudicano dall'aspetto. Quest'informazione era bella vivida nella mia memoria. "Lavoro in proprio, il mio ufficio è in centro. Quindi, saltiamo i convenevoli, il mio cliente è accusato di qualcosa?"

Prima che potesse rispondere, una delle sue assistenti si avvicinò e gli sussurrò qualcosa all'orecchio. Gli consegnò dei documenti e poi se ne andò. Nick (ero sicuro che non gli sarebbe dispiaciuto se l'avessi chiamato Nick) diede un'occhiata e si accigliò. Riportando la sua attenzione su di me, senza nemmeno scusarsi, disse:

"Non ancora, ma ci stiamo lavorando."

"Avete qualche prova, oltre al fatto che si è trovato sulla scena di un omicidio? Trovarsi nel posto sbagliato al momento sbagliato non è un crimine, per quanto ne sappia."

Aveva un'aria sdegnosa. "Allora, signorina Quinn, lei non sa molto. Il suo cliente ha fatto diverse dichiarazioni incriminanti."

Ero così arrabbiata che riuscivo a malapena a contenermi. "Ha parlato con il mio cliente senza di me? Dopo che lui le ha detto di avere un avvocato?"

"Certo che no. Non ha detto una parola da quando è stato portato qui, e nessuno gli ha chiesto niente. Ma ha fatto delle dichiarazioni spontanee sulla scena del crimine."

Scorrendo i fogli che aveva in mano, disse: "È nel rapporto. Glielo leggo:

La vittima è deceduta, apparentemente per un trauma da corpo contundente. Il sospettato è stato trovato in piedi accanto alla vittima. Quando il sottoscritto si è avvicinato al sospettato, quest'ultimo ha fatto le seguenti dichiarazioni non richieste: 'È tutta colpa mia, ho fatto una brutta cosa,' e anche: 'Mi dispiace, mi dispiace, mi dispiace tanto...'"

Oh, Adam! E ora come facciamo ad uscirne? Dovevo fare il cane alfa con il signor Procuratore di Stato.

"Senti, Nick", dissi, "so come sembra, ma il fatto è questo. Il mio cliente dice questo tipo di cose perché ha la sindrome di Asperger. Ti è familiare? No? Beh, potresti voler leggere qualcosa al riguardo. Le persone con la sindrome di Asperger hanno difficoltà di interazione sociale e spesso mostrano comportamenti insoliti. La linea di fondo è questa: Adam Muller è protetto dal Disabilities Amendments Act of 2008, per gli americani con disabilità . Ecco una copia dello statuto. Quindi, se non avete intenzione di accusarlo, dovete lasciarlo andare. Immediatamente. O presenteremo un reclamo contro il dipartimento da parte dell'ADA."

La sua espressione era un misto di disprezzo e rabbia che riusciva a malapena a controllare. Devo dire che tutto quel veleno toglieva qualcosa al suo bell'aspetto. Quando smise di fissarmi, si girò e se ne andò senza neanche un "piacere di averti conosciuto." Cosa ne è delle buone maniere della gente al giorno d'oggi? Per me, è colpa di internet.

Gli urlai dietro: "Ho diritto a una copia del rapporto della polizia."

Si girò e tornò verso di me. "Ascolta, Quinn", disse freddamente, "so che è stato il tuo uomo e quando avremo finito di analizzare le prove, formuleremo l'accusa. Prova a nasconderti dietro il tuo statuto, allora."

Se ne andò di nuovo come una furia e, questa volta, non tornò. Amico, qui c'è qualcuno che non sa perdere! Probabilmente non è simpatico nemmeno quando vince. Feci un respiro profondo e scrollai via la tensione dal collo e dalle spalle. Sciogliere la mascella avrebbe richiesto un pò più di tempo. *Puoi rilassarti, Jamie,* pensai, *Adam è salvo. Almeno per ora....*

CAPITOLO 4

"Non sono mai stata così contenta di tornare a casa in vita mia!" Disse zia Peg, gettando la borsa sul tavolo da pranzo e togliendosi le scarpe. "Sono esausta."

"Anche io, sorella", dissi, crollando su una comoda poltrona reclinabile nell'angolo.

Non appena mi sedetti, due cuccioli esuberanti mi saltarono in grembo e iniziarono a leccarmi la faccia senza sosta.

"E chi abbiamo qui, Adam?" Sorrisi a mio cugino, che era seduto sul pavimento accanto alla mia sedia, mentre accarezzava i cani.

"Quello nero è Angus Young, è uno Scottish Terrier e ha sei mesi. Quello rossiccio è Bono ed è un setter irlandese. Ha solo tre mesi."

"Percepisco un tema ricorrente qui..." risi mentre guardavo Adam rotolarsi sul pavimento con i cuccioli. Sembrava lui stesso un cucciolo troppo cresciuto. Non riuscivo a pensare a una razza di cane con il pelo riccio e biondo come quello di Adam, ma se esistesse, lui sarebbe quello.

Zia Peg mi portò un bicchiere di tè freddo e un

succo d'arancia per Adam. Poi si sedette sul divano e appoggiò i piedi sul tavolino.

"Sai, Adam, non credo di avertelo detto prima", disse, "ma ho portato Jamie a un concerto degli U2 quando aveva sedici anni."

La bocca di Adam si aprì, i suoi occhi marroni si spalancarono. "Wow! Avrei voluto andarci."

"Ti dico una cosa", dissi. "Se gli AC/DC o gli U2 si esibiscono di nuovo nel sud della Florida, ti ci porto."

"È fantastico, Jamie! Non vedo l'ora! Posso mostrarti la roba musicale nella mia stanza ora?" chiese, cercando di tirarmi su dalla poltrona. Era difficile opporre resistenza visto che mi superava di almeno quindici chili. Nessuno avrebbe mai detto che eravamo cugini perché lui era alto e biondo e io ero bassa e di carnagione olivastra. Mi avevano detto che avevo preso da mio padre, ma chissà.

"Certo, Adam, ma prima devo parlare con tua madre, ok?"

"Perché non porti i cani a fare una passeggiata, tesoro? Sono stati in casa tutto il giorno", disse zia Peg.

Appena Adam uscì dalla porta, mi sedetti accanto a zia Peg e bevvi il mio tè freddo come se avessi appena attraversato il Sahara. Non diedi al ghiaccio il tempo di sciogliersi. Mia zia saltò su per riempire di nuovo il mio bicchiere.

"Non riesco a ricordare l'ultima volta che sono stata qui", dissi, per fare conversazione, mentre lei si agitava in cucina.

Con mia sorpresa, zia Peg scoppiò in lacrime. Mi precipitai a confortarla.

"È stata una giornata dura, lo so", dissi, dandole una pacca sulla spalla.

Mi tirò a sé in un abbraccio stretto.

"Oh, Jamie, mi dispiace tanto, non ci sono stata per niente. Da quando Sue è morta, sono stata un tale casino che riuscivo a malapena ad andare avanti. Ho fatto quel che ho potuto per costringermi ad andare al lavoro e prendermi cura di Adam. Sue non era solo la mia sorella maggiore, era la mia migliore amica... e non posso credere che se ne sia andata."

A quel punto piangevamo entrambe. Io, perché non avevo pensato al dolore di nessun altro se non al mio. Dovevo essere stata la persona più egoista ed egocentrica del pianeta.

"Non ci sono stata nemmeno io per te, zia Peg, e mi dispiace." Presi un fazzoletto dalla borsa e mi soffiai il naso. "Cosa direbbe mia madre se ci vedesse piangere così, con il mascara che ci cola sulla faccia?"

Mia zia sorrise tra le lacrime. "Diceva: 'Il senso di colpa è una stupida perdita di tempo. Se ti senti male, alza il culo e fai qualcosa."

"Esattamente. Quindi, io e te rinunciamo ufficialmente ai sensi di colpa, ok? Personalmente, preferirei un viaggio in qualsiasi altro posto." Tornammo insieme in soggiorno e ci sedemmo sul divano.

"Affare fatto", disse lei. "E grazie mille per oggi, non so come li hai convinti a lasciar andare Adam. Sei incredibile!"

"E non so come tu abbia fatto a far uscire Adam dalla sua crisi! È stata una magia."

Lei rise. "Anni di esperienza! In realtà, tutto quello che ho dovuto fare è stato dirgli che stavamo andando a casa e che i cani lo stavano aspettando. Ma ho fissato un appuntamento d'emergenza con il suo terapista per domani, ne ha sicuramente bisogno. E probabilmente dovrei prendere un appuntamento anche per me. Sono così felice che questo incubo sia finito."

Non potevo dirle la verità, ma l'avrebbe scoperta presto. Non era finita. Era appena iniziata...

CAPITOLO 5

Esattamente una settimana dopo, ero a cena con Grace nel ristorante dove festeggiavo sempre il mio compleanno, Le Bonne Crepe, a Fort Lauderdale. Solo che non era il mio compleanno. L'avevamo scelto perché è vicino all'ufficio di Grace sull'elegante Las Olas Boulevard. (Ho detto che lei lavora per una grande azienda finanziaria, giusto?) Inoltre, sapevo che aveva cattive notizie per me e sentivo che mi meritavo qualcosa di bello, come l'ultimo pasto di un prigioniero.

"Che ne dici di una crêpe suzette?" Disse Grace. "Quando gli danno fuoco, è come una cena *e* uno spettacolo. Per non parlare del fatto che è deliziosa." Grace si entusiasmava sempre per il dessert.

"Stai scherzando?" Dissi. "Questo è il motivo per cui vengo qui. *Adoro* il Grand Marnier. La crêpe suzette è il drink del dopocena mascherato da dessert."

"Gelato alla vaniglia a parte?"

"C'è bisogno di chiederlo?"

Rise. "Ti sto solo mettendo alla prova. Allora, ci mettiamo al lavoro adesso?"

"Stai rovinando la mia euforia dà dessert, Gracie!" Dissi, alzando le mani.

"Ok, ok, scusa James, può aspettare..."

Dopo aver mangiato tutto, ci leccammo le dita *e le* forchette, rimanemmo sedute sulle nostre sedie imbottite e sorseggiammo il nostro caffè, immergendoci nell'ambiente accogliente del Bistro francese.

"Avrei leccato il piatto se fossi stata da sola..." Disse Grace, malinconicamente.

"Sai che non giudico."

"Vedi? Ecco perché mi piaci", disse lei con una risata.

~

Grace ed io eravamo amiche dal secondo anno alla Nova Law School, da quando avevamo scoperto che frequentavamo tutte le stesse classi. Quando ti imbatti in una persona quattro volte al giorno, ogni giorno, alla fine inizierai a parlarci. Grace era motivata, una di quelle persone che volevano davvero diventare un avvocato, seria per quanto riguardava lo studio, ma con un pazzo senso dell'umorismo. Io ero una laureata in letteratura inglese, poi avevo iniziato la scuola di legge per mancanza di un piano migliore. Essere amica di Grace aveva reso la scuola di legge un'esperienza migliore.

Ricordo che una notte eravamo a casa di Grace a studiare per un esame di Diritto Civile. Verso le tre del mattino, iniziammo a sentirci un pò stanche. Avevamo appena finito di leggere del "querelante a guscio d'uovo" (una persona più suscettibile alle lesioni rispetto alla media) quando Grace si precipitò in cucina. Tornò qualche minuto dopo con un piatto in mano, ridendo a crepapelle. Sul piatto c'era un omino che aveva fatto con i gusci d'uovo con accanto le parole "Aiutami Jamie!" scritte con il ketchup. Per poco non caddi dalla sedia per le risate.

"Grace, mi fai morire dal ridere!" Dissi, ci sentivamo così acute. Naturalmente, alle tre del mattino, i miei standard tendono ad abbassarsi considerevolmente.

Il giorno dopo, durante l'esame, tutto quello a cui riuscivo a pensare era il povero piccolo guscio d'uovo di Grace e dovevo soffocare le mie risate. Tutti nella stanza avranno pensato che fossi pazza.

"Jamie, è arrivato il momento, temo..." Grace sembrava seria.

"Credo di essere pronta." Dissi, chinandomi in avanti. Presi un blocco di carta e una penna dalla mia borsa e li posai sul tavolo.

"Vuoi le brutte notizie o quelle veramente brutte?"

"Facciamo nessuna delle due? è una risposta accettabile?" Sospirai. "Come vuoi tu, Grace."

Fece segno al cameriere per il conto, che prontamente lo depositò al centro del tavolo.

"Ok, ho rivisto il rapporto della polizia e quello della scientifica sulla scena del crimine. Sai già delle dichiarazioni incriminanti di Adam, ma c'è di più. È stato trovato il sangue della vittima sulle scarpe di Adam, ma solo sulle suole, potrebbe essere successo quando si è avvicinato al corpo." Fece una pausa per guardare i suoi appunti. "Passando alla causa della morte, la vittima, Spike, che non sembra avere un cognome, è stata uccisa da un colpo alla testa. L'arma del delitto era un didgeridoo, che è stato trovato sulla scena."

"Che diavolo è un did-ger-i-doo?"

"Ho dovuto cercarlo. Secondo Wikipedia, è uno strumento a fiato degli aborigeni australiani. Fondamentalmente, è un lungo tubo di legno lungo circa quattro piedi che può pesare fino a dieci libbre. Questo pesava sei. Secondo il rapporto, c'erano diverse serie di impronte digitali, comprese quelle della vittima." Grace mi guardò con compassione. "E quelle di Adam..."

Brontolai. "Solo perché ha toccato il didgeri-coso non significa che ha ucciso il suo insegnante di musica! Suona molti strumenti musicali, è la sua specialità. E Adam non farebbe mai del male a nessuno, anche se lo stessero picchiando senza motivo. Ricordi quando era alle medie e quei ragazzi lo hanno picchiato e gli hanno rotto il braccio? Non si è nemmeno difeso! Non aveva motivo di fare del male al suo insegnante."

Grace annuì, con i lunghi capelli scuri che le cadevano sul viso. "Lo so, Jamie."

"Beh, quale notizia potrebbe essere peggio di tutto questo?"

"Il Procuratore di Stato ha intenzione di sporgere denuncia contro Adam la prossima settimana."

"Dannazione!" Sbattei il mio blocco di carta sul tavolo. "Hanno almeno cercato il vero assassino? Qualcuno che avesse un motivo per uccidere quest'uomo?"

"Non sembra. Il loro ragazzo d'oro, Nick Dimitropoulos, si sta occupando del caso. È un pezzo grosso fresco di laurea che vuole farsi un nome. Ho sentito che ha intenzione di entrare in politica, come suo padre..."

"Oh, mio Dio! Non dirmi che è il figlio di Theo Dimitropoulos! Fantastico... il figlio di un senatore ha preso di mira mio cugino disabile..." Avevo voglia di piangere, o di urlare, o entrambe le cose contemporaneamente. "Cosa devo fare, Grace? Non posso rappresentarlo e mia zia non ha i soldi per assumere un avvocato. È una maestra di scuola elementare."

Grace sembrava pensierosa. "E il padre di Adam?"

"Dave?" Scossi la testa. "Assolutamente no, è al verde. Non fa nemmeno più parte della vita di Adam. Si è risposato e si è trasferito fuori dallo stato. Credo che abbia altri tre figli."

"Beh, ecco il mio consiglio: lasciate che sia il difensore d'ufficio a rappresentarlo. Questo è un caso di alto profilo, quindi ci metteranno la loro persona migliore, ed è Susan Doyle. È molto brava e fa questo lavoro da molto più tempo di 'Nick viscidik'. Lavoravamo insieme nell'ufficio della polizia e non le dispiacerà se l'aiuto con la strategia. Sai che farò tutto quello che posso per te...."

Vidi accendersi un barlume di speranza. "E se ipotecassi la mia casa? È libera e pulita. Poi potrei assumere un bravo avvocato difensore... niente contro Susan, ovviamente."

Grace scosse la testa. "Non funzionerà", disse con gentilezza. "Non puoi avere un mutuo perché non hai un lavoro. E potresti dover usare la tua casa come garanzia."

"Garanzia? Per cosa?" Chiesi.

"Per pagare la cauzione, Jamie", disse.

CAPITOLO 6

ERA STATO UN LUNGO FINE SETTIMANA E GRACE mi aveva dato molto a cui pensare. Troppo, in effetti. La sfida più grande era cercare di trattenermi dal raggomitolarmi in posizione fetale, ma avevo bisogno di restare ottimista per zia Peg. Non aveva idea di quello che stava per succedere, e io non ero ancora pronta a dirglielo. L'unica cosa che mi manteneva sana di mente era concentrarmi su Adam e prepararmi per la prova che sarebbe arrivata. E così, come prima cosa lunedì mattina, feci una telefonata.

"Parla Susan Doyle."

La voce al telefono era sicura, autorevole. Aveva un tono che diceva: "È meglio che sia importante, non ho tempo per le sciocchezze." Aveva detto solo tre parole e già mi piaceva.

"Salve, sono Jamie Quinn, sono l'amica di Grace Anderson..."

"Oh, sì, signorina Quinn, aspettavo la sua chiamata. Grace mi ha detto della situazione di suo cugino. Sfortunatamente, sembra che il caso stia andando avanti. Personalmente, sono inorridita dal fatto che il procuratore abbia deciso di perseguire con solo prove circostanziali e nessun movente apparente, ma è sotto pressione per mettere qualcuno dietro le sbarre. Per non parlare del fatto che deve farsi pubblicità", aggiunse ironicamente.

"Sì, lo so", dissi, sentendo la mia mascella serrarsi. "Volevo mettermi in contatto con lei per un paio di motivi. Primo, vorrei sapere cosa aspettarmi. Mio cugino avrà anche ventidue anni, ma emotivamente e socialmente è molto più giovane. Adam è un ragazzo gentile e non farebbe mai del male a nessuno; semplicemente non ne è capace. Con l'Asperger, non riesce a gestire lo stress e ho paura che tutto questo lo distrugga..." Iniziai a piangere, sapevo che sarebbe successo. Andai verso il lavandino della cucina per spruzzarmi dell'acqua in faccia. Dovevo darmi una calmata.

"Capisco, signorina Quinn, Jamie, e ci ho pensato. Adam dovrà affrontare l'arresto e le foto segnaletiche, ma ci sono alcune cose che possiamo fare per lui. Il procuratore vorrà un arresto in pompa magna, ma possiamo evitarlo, se Adam accetta di costituirsi. Inoltre, a causa della sua sindrome di Asperger, posso chiedere al giudice di nominare un avvocato ad litem, per proteggerlo. Infine, posso fare in modo che Adam vada direttamente in tribunale per l'udienza preliminare, senza passare del tempo in prigione."

Tirai un sospiro di sollievo: niente prigione! "Come farà?"

"Penso che il procuratore concorderà che sarebbe un danno per il caso se Adam avesse un crollo in prigione e finisse in un ospedale psichiatrico."

"Sono così felice che lei sia dalla nostra parte!" Dissi. "Cosa succederà all'udienza?"

"Il giudice determinerà se c'è un motivo per

l'arresto. Se la risposta è sì, allora lui o lei nominerà il difensore d'ufficio e fisserà la cauzione."

"Questa era la mia prossima domanda. Quanto sarebbe la cauzione?" Camminavo avanti e indietro tra la cucina e il soggiorno.

"Difficile da dire. Suo cugino non è certo a rischio di fuga, ma questo è un crimine capitale ed è anche una patata bollente politica. Farò del mio meglio, ma non posso fare promesse."

"Capisco. Per sua informazione, sarò io a pagare la cauzione. Cosa succede dopo?" Avevo smesso di camminare. Ora mi stavo mangiando le unghie.

"La chiamata in giudizio si tiene di solito entro 21 giorni dall'udienza preliminare. A quell'udienza, Adam si dichiarerà non colpevole. Il giudice può rivedere la cauzione in quel momento. Poi, il procuratore di stato esamina il caso e decide se ci sono abbastanza prove per procedere. Se trovano abbastanza prove, allora Adam sarà formalmente accusato. Questo deve avvenire entro 175 giorni dall'arresto." Intanto la sentivo parlare con qualcun altro lì con lei.

"Grazie mille. Non voglio rubalei altro tempo, ma per favore mi dica cosa posso fare per aiutarla... farò qualsiasi cosa. Le preparerò persino il caffè e le tempererò le matite."

Susan si mise a ridere. "Che offerta! Non è necessario, però. C'è qualcosa di importante da fare, se puoi. Abbiamo un budget limitato qui. Se potessi assumere un investigatore privato per cercare informazioni, potrebbe fare la differenza. Avrai bisogno di uno disposto a forzare le regole, ma io non ti ho detto niente."

"Certo che lo farò! Di che tipo di informazioni hai bisogno?"

"Che ne dici se ti mando una lista via e-mail più tardi?", disse.

"Perfetto! Non potrò mai ringraziarla abbastanza." Dissi, iniziando di nuovo a piangere.

"Così tanti apprezzamenti e non ho ancora fatto niente", disse lei con una risata. "Ci sentiamo presto, Jamie."

Il sorriso lasciò il mio volto non appena riattacai. Dove avrei trovato un investigatore privato senza scrupoli?

CAPITOLO 7

Susan Doyle tenne fede alla sua parola, poche ore dopo mi inviò la lista via e-mail. Erano tre pagine di domande a cui sembrava impossibile rispondere. Mi sentivo nel panico come quando ero alla scuola di legge e sognavo di avere un esame per cui non avevo studiato, in una materia che non avevo mai frequentato.

Studiando la lista, mi chiesi come qualcuno, anche un losco investigatore privato, potesse scoprire alcuni di questi fatti, se Spike avesse dei nemici, o se fosse stato coinvolto in qualche discussione la settimana del suo omicidio. Feci un respiro profondo e la guardai di nuovo. C'erano effettivamente alcune domande a cui potevo rispondere da sola, usando i registri pubblici. Prima di affrontare questa caccia al tesoro online, mi preparai un po' di caffè per garantire la massima vigilanza. Dato che comunque dormivo a malapena, una tazza in più non avrebbe avuto importanza.

Dopo aver spazzato via dalla scrivania le bollette e i documenti dell'eredità di mia madre, mi sedetti al computer e aprii il sito della segreteria di stato della

Florida. avevo deciso di iniziare da lì. Alla voce 'entità commerciali', digitai "The Screaming Zombie", il nome del negozio di musica. Anche se avevo visto il negozio in Harrison Street molte volte, avevo sempre pensato che fosse un bar. Quando non venne fuori nulla, digitai il nome "Spike" alla voce responsabili d'azienda ed ecco un riscontro: "Spike Enterprises, Inc. d/b/a/ The Screaming Zombie." Spike era indicato come direttore. L'unico altro dirigente era il tesoriere, Marian Wolinsky. Scrissi sul mio blocco per gli appunti: *Ho bisogno di trovare Marian Wolinsky*.

Decisi di visitare il sito web del negozio di musica e digitai: *The Screaming Zombie*. Con mia sorpresa, ottenni decine di risultati. Chi sapeva che *The Screaming Zombies* era il nome di un gruppo heavy metal? A quanto pare, tutti nel mondo lo sapevano, tranne me. Trovai fan club e chat, così come video di YouTube e canzoni scaricabili. Trovai persino una classifica dei più grandi batteristi di tutti i tempi, e Spike era uno di loro. Almeno ora capivo il nome del negozio. Anche se gli *Screaming Zombies* si sono sciolti nel 2001, avevano ancora molti fan devoti, tutti pesantemente tatuati e con piercing. Guardai un video degli Zombies che si esibivano su YouTube e poi vidi un'intervista con Spike, che mi spaventò un pò. Non parlo mai male dei morti (almeno non l'ho mai fatto prima), ma farò un'eccezione per Spike. Dopo aver visto la sua intervista, ho potuto trarre alcune conclusioni: 1) era fatto; 2) era un egomaniaco; 3) pensava di essere una leggenda; e 4) era brutto e cattivo. Però aveva detto una cosa interessante: ogni volta che andava a bere, portava a casa un nuovo pastore tedesco. Dal suo aspetto, doveva averne una bella collezione...

Dopo ho visitato il sito web del negozio di musica, dove ho trovato un sacco di informazioni. Ho visto che vendevano una vasta gamma di strumenti e fornivano lezioni per ancora più strumenti. L'unico che non ho visto elencato in entrambe le categorie era il didgeridoo. Ho preso nota sul mio blocco. *Di chi era il didgeridoo?* Poi cliccai sul link 'Incontra i nostri istruttori' e bingo. C'era l'elenco dei quattro istruttori (incluso Spike), con gli strumenti che insegnavano e le loro fotografie. Stampai la pagina e presi nota di cercare su Google ogni istruttore più tardi. Passai alla sezione "Chi siamo", che avrebbe dovuto chiamarsi "Spike", perché tutte e cinque le pagine rendevano omaggio a lui. Leggendo, si poteva pensare che Spike fosse il più grande batterista mai nato; che fosse stato la star degli "Screaming Zombies", e che la città di Hollywood dovesse essere grata che avesse scelto di vivere lì.

Devo essermi appisolata per un minuto con la testa sulla scrivania, perché la cosa successiva che ricordo è che il cellulare stava suonando vicino al mio orecchio. La mia suoneria è il concerto per violino di Vivaldi, la *Primavera,* e stavo sognando di essere alla sinfonia con mia madre. Mi svegliai e armeggiai con il telefono.

"Pronto?"

"Jamie, stavi dormendo? Mi dispiace tanto."

"Va tutto bene, zia Peg..." Ero ancora disorientata. Era un sogno così bello...

"Odio disturbarti, ma..."

Mi alzai a sedere, improvvisamente sveglia. "Cosa c'è che non va?"

"Adam non sta bene, ha incubi e mangia a malapena. Si rifiuta di fare i suoi compiti e persino di ascoltare la musica. Il suo terapeuta ha iniziato a dargli degli ansiolitici, ma non funzionano. Pensa che dovremmo provare l'ipnoterapia per aiutare Adam a superare il trauma." Mia zia sembrava esausta e preoccupata.

"Puoi dare al terapeuta il permesso di parlare con me?" Mi era balenata un'idea.

"Certo che lo farò", disse lei, "ma Jamie, ti chiamavo per un altro motivo. Stavano parlando dell'omicidio al telegiornale delle undici. Hanno detto che Spike è stato ucciso con un didgeridoo..."

"Ho sentito anche questo."

"Jamie, non so quanto ancora posso sopportare tutto questo!" Zia Peg stava piangendo al telefono.

"Non capisco", dissi.

"Il didgeridoo... ne hanno mostrato una foto. Era di Adam."

CAPITOLO 8

LE COSE CONTINUAVANO A PEGGIORARE E TUTTO quello che volevo era tornare alla mia sinfonia immaginaria. Era tanto da chiedere?

Ora, so che avrei dovuto dire a mia zia cosa stesse succedendo quando ne avevo avuto la possibilità, ma non ho potuto farlo. Potreste giudicarmi per questo, ma voi non eravate lì. Quando Margaret Muller dice che non può sopportare molto di più, dice sul serio, e non volevo essere io a spingerla oltre il limite. Tuttavia, avevo bisogno di sapere come il didgeridoo fosse finito nello studio di Spike, così chiesi con calma a zia Peg. La spiegazione aveva senso per me: Adam aveva imparato a suonare da solo e voleva mettersi in mostra con Spike, così aveva portato il didgeridoo a lezione, la settimana prima. Sfortunatamente, sapevo che la mia nemesi, Nick, il procuratore di stato, non l'avrebbe vista affatto così. Per lui sarebbe stata la prova che Adam aveva pianificato l'omicidio. Passai qualche altro minuto a consolare mia zia e poi chiusi la telefonata, promettendo di chiamarla.

Anche se era passata la mezzanotte ed era ufficialmente martedì, ero troppo tesa per provare a dormire, così tornai alla mia caccia al tesoro. Per prima cosa, cercai su Google gli insegnanti di musica. C'era una coppia sposata, Steve e Rosa Michaels. Steve insegnava tromba e sassofono, Rosa flauto e ottavino. La mia ricerca rivelava che erano fidanzati dal liceo, avevano frequentato l'Hollywood Hills High, dove suonavano insieme nella banda. Che carini!

L'unica altra insegnante, oltre a Spike, era Olga Gonzalez, che insegnava pianoforte e chitarra. Non venne fuori niente su di lei. Già che c'ero, pensai di fare una ricerca su Marian Wolinsky, la tesoriera della società di Spike. Scoprii che gestiva un sito di fan dedicato a Spike, in tutto il suo splendore. C'erano foto di Marian e Spike insieme in tutto il sito. Marian sembrava una biker, gilet di pelle, jeans stretti, stivali neri e molti tatuaggi. In quasi tutte le foto, guardava Spike in modo adorante. Mi chiedo quanto lui abbia dovuto pagarla per farlo!

Poi, visitai il sito web del Broward Clerk's, per cercare i registri del tribunale penale e civile. Non ero sorpresa, Spike aveva più di una dozzina di multe per eccesso di velocità e altri reati legati alla guida, più le accuse di possesso di droga di tempo fa. I registri civili raccontavano un'altra storia: Spike e la Spike Enterprises, Inc. (*d/b/a The Screaming Zombie*), erano stati citati in giudizio da nientemeno che Snake, Slasher e Slime, alias Daryl, Marcus e Ricardo, alias il resto degli Zombie! La causa riguardava l'uso da parte di Spike del nome della band per il suo negozio. I querelanti accusavano Spike e la Spike Enterprises, Inc. di arricchimento indebito, violazione del marchio, ecc. Di sicuro mi sembrava che non corresse buon sangue, ma era un movente per un omicidio? Presi altri appunti sul mio blocchetto.

Mentre navigavo sul sito web del tribunale, cercai il nome di Spike tra i testamenti e scoprii che qualcuno aveva già aperto un fondo per lui. Solo il rappresentante personale può aprire un fondo, così scorsi la pagina per vedere chi fosse. Rullo di tamburi, per favore.... era... Marian Wolinsky! Dovevo assolutamente fare una chiacchierata con questa signora. Avevo anche intenzione di visitare il tribunale per leggere il testamento di Spike. Dato che i beneficiari di Spike avrebbero tratto profitto dalla sua morte, volevo sapere chi fossero. Il mio blocco di appunti si stava riempiendo.

Infine, feci dei controlli sui precedenti penali di tutto il personale. Marian aveva alcune vecchie accuse di possesso di droga, un'accusa di disturbo della quiete pubblica, niente di scioccante. Lei e Spike devono aver festeggiato parecchio quella notte.

Olga Gonzalez, l'insegnante di pianoforte, non aveva precedenti penali, ma i fidanzatini del liceo erano un'altra storia. Si scoprì che Rosa Michaels aveva presentato ordini restrittivi per violenza domestica contro Steve in tre diverse occasioni, ma poi li aveva ritirati. Il più recente risaliva solo a due settimane prima della morte di Spike, e aveva chiesto il divorzio nello stesso periodo. Poteva essere una cosa insignificante, oppure poteva essere una traccia, ma Steve sembrava un uomo che aveva bisogno di un corso di gestione della rabbia, o due...

Ne avevo abbastanza, avevo il cervello fritto. Per citare Miss Rossella, domani è un altro giorno. Caddi nel sonno, alla ricerca di Vivaldi.

CAPITOLO 9

Mi svegliai troppo presto perché il gatto, con tutti i suoi dodici chili, mi saltò in testa, miagolando per chiedere cibo. Voleva sempre qualcosa. Non avevo ancora detto di avere un gatto perché sono in fase di negazione. Mr. Paws era il gatto di mia madre e le ho promesso che mi sarei presa cura di lui, anche se ci disprezzavamo a vicenda. Cioè, io e Mr. Paws ci disprezzavamo, non io e mia madre, per chiarire. Naturalmente, non andiamo più d'accordo ora che siamo solo noi due. Mi sono presa la libertà di cambiargli il nome da Mr. Paws a Mr. Piaga sociale, ma lui non risponde mai a niente, tranne al suono del cibo che viene versato nella sua ciotola.

Dopo aver dato da mangiare a sua altezza reale, feci una doccia veloce e mi vestii. Versai il mio caffè in una tazza da asporto e presi una barretta di muesli, prima di uscire di corsa. Come capirete, non sono un grande fan della colazione. Prima di accendere la vecchia Mini Cooper, mandai un messaggio a Grace.

"Buongiorno, raggio di sole! Sarò al palazzo di giustizia più tardi, sei libera per pranzo?"

"Magari! Che ne dici se ci vediamo lì per un incontro lampo?"

"Grande! Ho un sacco di cose da dirti. A che ora?" Risposi al messaggio.

"10.00? Caffetteria?"

"Perfetto, ci vediamo lì. Sarò quella con la nuvola nera sopra la testa."

"Credo che ti riconoscerò..."

La fila per entrare in tribunale era lunga e serpeggiante, come quasi tutte le mattine. Questo perché tutti i giudici programmano le mozioni per le 8:45. Queste udienze non ordinarie dovrebbero durare solo cinque minuti, ma non è mai così, il che fa sì che la folla si riversi nei corridoi. Mi fa sentire claustrofobica e irritabile. Era sicuramente un martedì perché era allora che il predicatore barbuto con gli occhiali a filo ci onorava della sua presenza. Era lì, in piedi sulla sua cassa vicino alle porte del tribunale, a gridare consigli che aveva ricevuto direttamente da Gesù. Respiro profondo. Non ero in vena di proselitismi...

Non ebbi problemi a controllare il fascicolo del testamento di Spike dal cancelliere. Quello che speravo di ricavare dal testamento era un indizio che indicasse come assassino qualcun altro, oltre ad Adam. Ma niente da fare...

~

"Stai scherzando! Non posso crederci. Dimmi di nuovo cosa dice il testamento", Grace intanto imburrava il suo bagel. Eravamo nella caffetteria del tribunale e la stavo aggiornando.

"Mi hai sentito. Spike ha lasciato tutto il suo

patrimonio ad un'organizzazione di salvataggio di pastori tedeschi. L'unico altro lascito è che ha affidato il suo cane, Beast, a Marian Wolinsky, con 10.000 dollari per le sue cure." Scuotevo la testa, stupita dalla generosità di Spike. Forse non era così idiota come pensavo.

"Vai a capire!" Disse Grace. "Allora, sono cose piuttosto interessanti quelle che hai trovato, la causa intentata dagli Zombi e l'insegnante di musica con il problema della violenza domestica. Qual è il prossimo passo?"

"Ho un milione di domande per Marian Wolinsky, quindi la voglio vedere. Inoltre, secondo la mia nuova migliore amica Susan Doyle, devo trovare un investigatore senza scrupoli, e non ho idea di come trovarne uno..."

"Jamie! Pensavo di essere io la tua migliore amica. Lascerò correre. Ti ricordi il mio detto zen preferito? Hai già tutto quello che ti serve." Poi mi rivolse uno sguardo fiducioso.

"Cosa stai dicendo? Che conosco già un losco investigatore?" Forse ero troppo stanca per capire... poi mi venne in mente, come un lampo. "Duke? Vuoi che chiami Duke Broussard? Assolutamente no! È un verme."

"Esattamente!" Grace rise. "E lui è in debito con te, alla grande. Gli hai salvato la pelle quando hai gestito il suo divorzio. Giusto?"

"Oh, mio Dio! Sua moglie era così furiosa quando l'ha sorpreso a tradirla - l'ha denunciato all'IRS, al Better Business Bureau, alla commissione per le licenze di investigazione, ai giornali e a Angie's List. L'ha distrutto anche su Facebook e Twitter. Quando si dice: non fare mai arrabbiare una donna!" Risi.

"Non aveva anche comprato un cartellone sulla statale 95?" Grace guardò l'orologio e iniziò a riordinare il tavolo.

"Sì, è vero! Me ne ero dimenticata. Non era per niente un'ochetta come credeva il marito, eh? Non preoccuparti, Grace, pulisco io. Tu torna al lavoro", dissi.

Mi diede un bacio sulla guancia e si voltò per andarsene. "Chiamalo, Jamie. Sai che ho ragione."

"Sì, come sempre." Dissi.

CAPITOLO 10

Quando arrivai a casa, c'erano due messaggi che lampeggiavano sulla mia segreteria telefonica. Quando sono diventata così richiesta? Li ascoltai mentre smistavo la posta. Il primo era quello della zia Peg che mi lasciava il nome e il numero del terapeuta di Adam, il dottor Simon. L'altra era Susan Doyle che chiedeva se Adam sarebbe stato in grado di sottoporsi al poligrafo, più avanti. Che tempismo perfetto, che sincronia! Il Dr. Simon era l'unica persona che potesse rispondere alla domanda di Susan. Per non parlare del fatto che anch'io avevo alcune domande per il buon dottore. Almeno speravo che fosse un buon dottore...

Avevo bisogno che qualcosa andasse per il verso giusto, soprattutto perché il testamento di Spike era stato un tale *punto morto*. (Jamie, non è il momento di fare brutte battute!) Il tempo *non* era dalla mia parte, anche se i Rolling Stones sostengono il contrario. Più ci pensavo, più ero sicura che l'omicidio di Spike fosse stato un crimine passionale o di opportunità. Nessuno pianifica di uccidere con un didgeridoo, per l'amor del cielo, specialmente quando una settimana prima non c'era. Doveva essere una persona con accesso al negozio, o qualcuno che Spike conosceva, il che restringeva le possibilità alle seguenti:

1) Un'effrazione andata male,

2) Uno degli zombie,

3) Un insegnante,

4) Uno studente (genitore di uno studente?)

5) Qualcuno che odiava Spike per una ragione ancora da determinare.

Suppongo che fosse per questo che Susan Doyle mi aveva mandato tre pagine di domande. Rispondi a tutte e troverai il tuo assassino. Anche se Marian Wolinsky avesse avuto alcune delle risposte, se volevo affrontare le domande difficili, avrei dovuto chiamare lui, il presidente del suo stesso fan club, Duke Broussard.

CAPITOLO 11

"Pronto, Duke? Sono..."

"Ciao cara, perché non mi hai più chiamato?" Duke era un tipo tranquillo. Ecco come aveva fatto a sposarsi tre volte.

"Sai almeno chi sono?" Chiesi, ridendo.

"Certo che sì, cara. Jameson è il nome del mio whisky preferito *e* del mio avvocato preferito. Mi piacciono le cose semplici. Inoltre, ho il tuo numero tra i preferiti. Non sai mai quando avrai bisogno del tuo avvocato. Non posso dare la caccia al tuo numero quando sono in prigione, ubriaco fradicio, no?"

"Ottima capacità di pianificazione, Duke." *Cavolo, speravo di non ricevere mai una chiamata del genere.* "Come stai?"

"La vita è grandiosa! Me la godrei di più, se solo fossi in compagnia." Duke avrebbe potuto essere il ragazzo immagine di quelle magliette "La vita è bella", però la sua figurina avrebbe avuto una birra in mano e una ragazza per ogni lato. Infatti, probabilmente era in un bar in questo momento.

"Grande! Sapevo che ti saresti ripreso dal

divorzio." *Per favore, fa che si ricordi dell'offerta che mi ha fatto.* Odio chiedere favori.

Rideva. "Dovrei ringraziare Candy per aver messo la mia faccia su quel cartellone, ne ho ricavato un sacco di affari. Anche alle signore è piaciuto!"

Roteai gli occhi. Per fortuna non poteva vedermi.

"Allora, mi chiami per accettare la mia offerta?", chiese.

Sì! Saltai dal mio divano e feci una piccola danza. "In effetti, è proprio così", dissi, cercando di non sembrare eccitata.

"Per me va bene, cara. Perché non ci vediamo al *The Big Easy* sulla Harrison? Fanno musica blues a partire dalle otto."

Ovvio, Duke conduce i suoi affari da un bar! Probabilmente hanno anche i suoi biglietti da visita.

"Ok", dissi. "Ci vediamo lì. E grazie, Duke."

"Non c'è di che. Sai, la maggior parte dei miei appuntamenti mi ringraziano solo alla fine, ci siamo capiti." Potevo quasi vederlo sbirciare attraverso il telefono.

"Cosa? Questo non è un appuntamento..."

Aveva già riattaccato.

CAPITOLO 12

MI VESTII CON CURA PER IL MIO 'APPUNTAMENTO' con Duke, optando per un look business casual, come se stessi partecipando a un evento al Broward Bar, invece di un semplice bar. E niente rossetto – mettere il rossetto con Duke nei paraggi era come sventolare una bandiera rossa a un toro. Significava andarsela a cercare.

Arrivai prima delle otto e parcheggiai nelle vicinanze. Ero decisamente troppo vestita per l'afa estiva, ma ormai era andata. Mentre attraversavo la strada, vidi Duke seduto fuori al bar, a bere una birra. Chi lo sapeva, magari viveva lì? Aveva lo stesso aspetto di sempre: capelli castano sabbia tagliati alle spalle, jeans firmati e una camicia bianca Tommy Bahama sbottonata per mostrare la sua collana di denti di squalo. E naturalmente, l'abbronzatura, era sempre abbronzato. Mi chiedevo se indossasse i suoi stivali di coccodrillo preferiti. Non credevo alla storia che avesse ucciso lui quell'alligatore. Per quanto ne so, non era cambiato affatto da quando l'avevo visto un anno prima. Mi chiesi se io fossi diversa.

Mentre camminavo verso il bar, Duke mi vide e

iniziò a sorridere.

"Ma guarda un pò, signorina Jamie, tutta in tiro! Ho un'udienza in tribunale di cui non sono a conoscenza?"

"Non ancora", dissi con un sorriso, "ma la notte è giovane. Tutto può succedere."

"Vero, eh? Perché non ti siedi, ti offro un cocktail." Accarezzò lo sgabello accanto a lui. E poi dicono che la cavalleria è morta.

"Prendo un Pinot Grigio", dissi al barista, prima di rivolgere la mia attenzione a Duke. "Come va il lavoro, ti tiene occupato?"

Finì la sua birra e ne ordinò un'altra. "Dai, Jamie", disse guardandomi negli occhi. "Non mi hai chiamato di punto in bianco per chiedermi come va il lavoro, vero? Che succede, sei nei guai?"

Proprio in quel momento, la band all'interno del locale iniziò a suonare e mi fermai ad ascoltare. Stavano suonando una canzone di Muddy Waters ed erano piuttosto bravi. Avevo davvero bisogno di uscire di più...

Sorseggiai il vino. "Sono così trasparente?"

"No, ragazza, sono solo un investigatore privato dannatamente bravo!" Mi fece l'occhiolino e poi rise della sua stessa battuta. Duke era uno che si divertiva con pochissimo.

"Ok, ma prima di raccontarti la mia lunga storia, che coinvolge una band heavy metal, un omicidio e un procuratore di stato con ambizioni politiche, devo mettere in chiaro una cosa..."

Gli occhi verdi di Duke mi guardavano attentamente, adorava le storie lunghe. "Che cosa, cara?"

"Questo non è un appuntamento."

CAPITOLO 13

"Allora immagino che non ti dispiacerà se guardo un pò di belle signore?" Disse Duke, dando una sbirciata in giro.

Sbuffai. "Tanto l'avresti fatto comunque."

Quando il barista indicò il mio bicchiere vuoto, annuii. Pensai: che diavolo, era la mia unica serata fuori da mesi, anche se la stavo passando con Duke Broussard.

"Solo per curiosità", dissi, "al telefono prima, quale offerta pensavi che stessi accettando?"

Duke mi rivolse lo sguardo. "Quella in cui ho detto: 'Ehi Jamie, usciamo a festeggiare, finalmente mi sono liberato dalla mia pazza moglie'. Cosa pensavi che volessi dire?"

"Oh, io pensavo ad un'altra offerta", dissi. "Una volta mi hai detto: "Jamie, sei una roccia! Se mai avessi bisogno del mio aiuto per qualsiasi cosa, chiamami."

"Sì, me lo ricordo vagamente", disse.

"Ricorderesti più cose se non avessi sempre il cervello inzuppato di alcool", lo presi in giro.

"E poi dove sarebbe il divertimento?" Rise, mostrando i suoi denti perfetti. "Beh, dov'è la storia che mi hai promesso?"

E così, con i riff blues come sottofondo, raccontai a Duke la storia dell'omicidio nel negozio di musica e il suo bizzarro cast di personaggi. Gli spiegai quello che avevo scoperto finora e come, nonostante la strana confessione di Adam e le sue impronte sul didgeridoo, avrei scommesso la mia vita sulla sua innocenza.

"Dannazione, Jamie! Sembra un film. Conta su di me. Cosa vuoi che faccia?"

Avevo trattenuto il respiro in attesa della reazione di Duke e finalmente lo lasciai sfuggire in un sospiro di sollievo. Tirai fuori la lista di domande di Susan Doyle e cominciammo a elaborare una strategia. Duke avrebbe fatto dei controlli su Spike, sulla band e su tutti quelli che lavoravano nel negozio di musica. Se non fosse emerso nulla, avrebbe controllato anche gli studenti e i loro genitori. Quando iniziò a dirmi come poteva ottenere i tabulati telefonici e bancari, mi misi le dita nelle orecchie e cantai: "La La La."

Duke alzò gli occhi al cielo. "Ok, ho capito, vuoi sapere solo il minimo necessario."

Dissi che avrei incontrato Marian Wolinsky e il terapista di Adam. Avevamo quasi finito quando arrivò qualcuno. Una bella rossa con un vestito attillato e tacchi a spillo si avvicinò a noi con aria furiosa. Fissò Duke e poi gli diede uno schiaffone. Non so perché fossi sorpresa.

"Porco! Non ci posso credere, mi tradisci con *lei!*"

"Ma cara, non è come sembra, questi sono affari!" Duke saltò in piedi e continuò il suo scalpiccio di spiegazioni, cercando di prendere tempo.

Dovetti coprirmi la bocca per non ridere. Era così che avevo conosciuto Duke. La sua vita sembrava essere una lunga sfilata di donne arrabbiate. Mi chiedevo se questa potesse permettersi un cartellone pubblicitario...

CAPITOLO 14

Quando parlai con il Dr. Simon la mattina seguente, convenne che avevamo molto da discutere e suggerì di incontrarsi nel suo ufficio di Plantation a mezzogiorno. Plantation è a ovest di Hollywood e a venti minuti di macchina, così partii alle undici e trenta, tenendo conto del traffico. Il mio GPS diceva che il suo ufficio non era lontano dal Plantation General Hospital. Non è una coincidenza che gli avvocati abbiano uffici vicino al tribunale e i medici abbiano i loro vicino all'ospedale; tutti vogliono un facile accesso in caso di emergenza. Parliamo di emergenze diverse, però...

Oltre alla domanda di Susan Doyle riguardo il poligrafo, volevo chiedere al dottor Simon se ci fosse un modo giusto per interrogare Adam. Dovevo sapere perché aveva detto di essere dispiaciuto quando aveva visto il corpo di Spike; quale 'cosa brutta' avesse fatto e perché pensava che fosse colpa sua. Adam poteva essere la chiave per trovare l'assassino, se solo avesse potuto comunicare ciò che sapeva.

La sala d'attesa del Dr. Simon mi ricordava una palestra yoga: colori caldi, musica new age con suoni della natura, e un cesto di tisane vicino al dispenser dell'acqua. Non c'erano riviste sul tavolo, solo libri di auto-aiuto per trovare la felicità e la pace interiore, e alcuni fumetti. Il Dr. Simon (o il suo decoratore) la sapeva lunga sul concetto di Feng Shui. Mi sentivo davvero in armonia con l'ambiente. E per le persone autistiche, come Adam, che non tollerano stimoli esterni forti, questa stanza era perfetta.

Forse fu il bozzolo rilassante della sala d'attesa, ma appena incontrai il dottor Simon, sentii che potevo fidarmi di lui. Un uomo magro, sulla cinquantina, aveva un sorriso accattivante e un approccio accogliente. Con i suoi capelli stempiati sale e pepe e gli occhiali con la montatura di ferro, mi ricordava un mio vecchio professore dell'università, quello che mi diede la mia unica "C" alla facoltà di legge. Avrei provato a non rinfacciarglielo.

"Ciao, Jamie, grazie per essere venuta", disse, stringendomi la mano. "Andiamo nel mio ufficio, così possiamo parlare."

Non vi annoierò descrivendovi l'ufficio; basterà dire che era più o meno uguale al resto. E le sedie erano super comode. Mi chiedevo se il suo arredatore potesse sistemare anche casa mia...

"Jamie", disse il dottor Simon, il suo sguardo intenso non si staccava mai dal mio viso, "sono molto preoccupato per Adam, credo che sia in crisi. Nello specifico, sta sperimentando una dissonanza cognitiva causata da un disordine da stress post-traumatico, o PTSD, in breve."

"Non è il PTSD quello che hanno i veterani di guerra?" Mi contrassi sulla sedia. Non me l'aspettavo.

"Sì, ma può colpire chiunque abbia subito un evento traumatico, e Adam è stato gravemente traumatizzato dall'omicidio del suo insegnante. Adam è particolarmente vulnerabile a causa della sindrome di Asperger. Semplicemente non ha le capacità di far fronte alla situazione." Il dottor Simon si tolse gli occhiali e si strofinò stancamente gli occhi.

"Cos'è la dissonanza cognitiva? Fa parte del PTSD?" Stavo cercando di capire.

"La dissonanza cognitiva è una sensazione di disagio derivante dall'avere due convinzioni contrastanti, simultaneamente. Nel caso di Adam, crede di aver in qualche modo causato la morte di Spike, ma crede anche che non farebbe mai nulla per ferire le persone a cui tiene. Non riesce a conciliare queste due convinzioni."

Sentivo una stretta al petto che non mi mollava. Era come un artiglio di ferro che spremeva l'aria dai miei polmoni.

"Non c'è niente che lei possa fare?" Chiesi.

"Ci sono approcci che possiamo provare, ma ognuno reagisce in modo diverso. Un modo di trattare il PTSD è quello di aiutare il paziente a "rielaborare" la situazione del trauma per comprenderla in un modo nuovo. Adam ha avuto degli incubi, quindi abbiamo lavorato sulla terapia di revisione dei sogni. Questo è uno strumento per ridurre il conflitto cognitivo senza affrontare il trauma stesso. A volte è sufficiente trattare i sintomi."

"Sta funzionando?" Ero abbastanza sicura di sapere già la risposta.

Il dottor Simon scosse la testa.

"E le medicine?"

Il dottor Simon prese la cartella sulla sua scrivania. "Adam non risponde bene ai farmaci. In passato abbiamo provato diversi ansiolitici e diversi antidepressivi. Nessuno ha aiutato, e alcuni lo hanno fatto peggiorare." Abbassò le spalle in segno di sconfitta.

Non potevo accettare di non avere alternative. "Sicuramente, c'è qualcos'altro che si può provare?"

"L'ipnoterapia può essere efficace nel trattamento del PTSD – ma c'è un rischio. Rivivere un evento traumatico, anche sotto ipnosi, può causare ulteriori traumi. In altre parole, potrebbe peggiorare. Adam è così fragile in questo momento, ho paura che possa sviluppare pensieri suicidi. Tuttavia, credo che sia la sua migliore opzione a questo punto, e sua madre è d'accordo. Abbiamo intenzione di iniziare domani."

Le mie braccia erano incrociate strette sul petto e dondolavo leggermente avanti e indietro sulla sedia. Mi resi conto che mi stavo consolando come fa Adam. Forse, nel profondo del nostro DNA, siamo tutti programmati per rispondere in quel modo.

Alzai lo sguardo verso il dottor Simon. "Sono venuta qui per chiederle se Adam sarebbe in grado di sottoporsi al poligrafo."

Il dottor Simon sembrava inorridito. "Sta dicendo che è sospettato dell'omicidio?" Sentivo le lacrime arrivare ai miei occhi. Annuii.

Saltò dalla sedia, tremando di rabbia. "Questo lo distruggerebbe. Non lo permetterò!"

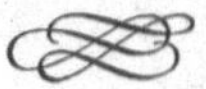

CAPITOLO 15

ERA UN SOLLIEVO SAPERE CHE ANCHE IL DOTTOR Simon stava lottando per Adam, e glielo dissi. Poi raccontai al dottore della mia caccia alle prove per eliminare Adam dalla lista dei sospettati e di come credessi che Adam stesso avesse le risposte. Se solo avessimo potuto scoprire perché si sentiva così colpevole...

"Esporre le radici del trauma è uno degli obiettivi dell'ipnoterapia", disse il dottor Simon. "Tu ed io abbiamo lo stesso obiettivo, ma per motivi diversi." Sorrise e mi fece sentire che non tutto era perduto.

"Potrei assistere alla sua sessione di ipnoterapia con Adam, domani?"

Scosse la testa. "Temo di no. Anche se sua madre mi ha autorizzato a parlare liberamente con te, la tua presenza distrarrebbe Adam. L'osservatore influenzerebbe l'osservazione, in questo caso."

Un'idea! Magari non uso Twitter, ma non sono completamente a digiuno di tecnologia. "Posso seguire su Skype?"

Il dottor Simon si mise a ridere. "Certo! Mi dispiace di non averci pensato io stesso."

Dopo aver discusso i dettagli, gli feci la domanda che mi tormentava. "C'è qualcosa che può fare per proteggere Adam, se la prossima settimana sporgeranno denuncia?"

Rispose così velocemente che chiaramente ci aveva già pensato. "Se l'ipnoterapia intensa non funziona, raccomanderò a Adam un trattamento in una casa di cura. La struttura migliore per lui si trova a New York e dovrà rimanerci per almeno 30 giorni."

Sorrisi. Avevo fatto bene a fidarmi del dottor Simon.

~

Stavo guidando verso casa quando il mio cellulare suonò. Era Duke.

"Ti manco, cara?"

"Non so come ho fatto a vivere senza di te tutto questo tempo." Dissi, ridendo. "Hai sistemato le cose con la tua ragazza?"

"Diciamo solo che l'ho resa molto felice a fine serata."

"Troppo, Duke! Sentire parlare della tua vita sessuale non era parte dell'accordo..." Per poco non passavo ad un semaforo rosso, ero troppo occupata a urlare a Duke.

"Bene bene, non ti agitare. Ho una notizia per te."

"Fantastico! Che cos'hai?"

"Beh, ho controllato il tuo ragazzo, Spike. Ho scoperto che il suo vero nome era Melvin Duane Shiprock. Che razza di nome è Melvin?" Duke ridachiò.

"E lo dici proprio tu, *Marmaduke?*"

"Marmaduke Broussard era il nome di mio nonno

ed era il miglior pescatore sportivo di Shreveport, Louisiana."

"Allora, tu sei Marmaduke Broussard, Secondo?"

"Terzo, in realtà."

"Beh, sono sicuro che tuo nonno sarebbe orgoglioso di come stai portando avanti l'eredità di famiglia", dissi, cercando di non ridere.

"È proprio vero, signorina. Ora, tornando a Melvin, ho parlato con il proprietario della tavola calda qui accanto e mi ha detto che il nostro uomo ha fatto colazione lì la mattina in cui è morto."

"E questo ci interessa... perché?"

"Non ha mangiato da solo. Era con un altro tizio e hanno litigato di brutto."

"Wow! Ma come facciamo a scoprire chi era?"

"Sono molto più avanti di te, cara. Ho mostrato al tipo della tavola calda le foto di Steve Michaels, l'insegnante di musica con l'ordinanza restrittiva, e anche degli Zombie. E ha riconosciuto uno di loro."

"Con questa attesa mi uccidi, Duke! Chi era?" Avevo appena parcheggiato nel mio vialetto, ma rimasi in macchina.

"Darryl, il chitarrista degli Zombies."

"Ottimo lavoro, Duke! Sei incredibile!" Si stava rivelando un buon giorno.

"C'è di più, cara. C'è l'addebito di una notte in hotel sulla carta di credito di Spike che risale al giorno prima di morire, così sono andato lì e ho parlato con l'impiegato della reception. Si è scoperto che Spike aveva un'amica con sé."

Fantastico...

"Ho mostrato al commesso l'unica foto che avevo, e indovina un pò?"

"Ho paura di chiedere..." Dissi.

"Era Rosa Michaels, la dolce metà di Steve Michaels."

"Quindi ora abbiamo due sospetti? Daryl e Steve?"

"Sì. E, secondo i tabulati del cellulare di Spike, ha parlato con entrambi la notte prima di morire."

CAPITOLO 16

"Allora, cosa facciamo adesso?" Ero così eccitata che non riuscivo a pensare bene.

"Beh, non so tu, ma io sto andando a parlare con Rosa Michaels", disse Duke.

"Ok, chiamerò Marian Wolinsky e cercherò di organizzare un incontro con lei. Fammi sapere cosa scopri da Rosa. E Duke?"

"Sì, cara?"

"Cerca di non provarci con lei. Ho sentito che ha un marito geloso!" Riattaccai ridendo, prima che potesse dire qualcosa.

Era già passata l'ora di pranzo e stavo morendo di fame, così appena entrai in casa mi preparai un panino – un panino con burro d'arachidi, banana e miele, per la precisione. Ora, so cosa state pensando, state pensando che sembra disgustoso, ma non dovreste criticarlo prima di averlo assaggiato. Voglio dire, non è come se vi avessi suggerito di mangiare un panino con le sardine. Sì, qualcuno lo mangia davvero. Se cerchi su Google sandwich di sardine, saltano fuori delle ricette, non scherzo.

Dopo un delizioso dessert al cioccolato fondente

(fa bene, vero? L'ho sentito dire da qualche parte), cercai il numero di telefono di Marian Wolinsky, che avevo copiato dal fascicolo di Spike al tribunale. Pensai di chiamare Grace, ma decisi di aspettare di avere notizie da Duke. Morivo dalla voglia di sentire cosa gli avrebbe detto Rosa Michaels.

Allora... sai come ti immagini l'aspetto di una persona dopo averne sentito la voce al telefono? Beh, è vero anche il contrario. Una volta che hai visto una fotografia di qualcuno, immagini la sua voce. Lo dico solo perché quando chiamai Marian Wolinsky, la ragazza motociclista con molti tatuaggi, rimasi senza parole. Sembrava una newyorkese istruita. Ero sicura di aver sbagliato Marian Wolinsky, ma no, era lei. Quando mi presentai come l'avvocato di Adam Muller, disse: "Non ho altro da dire, ho già parlato con la polizia." Prima che potesse riattaccare, le dissi che ero anche la cugina di Adam, e che eravamo preoccupati che si sarebbe suicidato, e avrei apprezzato molto qualche minuto del suo tempo. A quel punto ammorbidì il tono e accettò di parlare con me, per il bene di Adam. Decidemmo di incontrarci allo Starbucks di Young Circle alle quattro e mezzo.

Arrivai presto e aspettai che Marian arrivasse su una Harley, ma lei arrivò in una nuova Volkswagen, i tatuaggi discretamente nascosti da maniche lunghe. Era molto truccata e aveva i capelli raccolti in un'alta coda di cavallo. Sembrava la sorella sofisticata della ragazza sul sito web. Non ero sicura di quale fosse la vera Marian.

Mi presentai e ordinammo un caffè. Lei prese un caffè nero, niente Frappuccini frou-frou.

"Come sta Adam?" chiese lei. "È un bravo ragazzo. Allo Screaming Zombie piaceva a tutti."

Batteva le lunghe unghie sul tavolo, ansiosa, come se non vedesse l'ora di andar via.

"Adam non sta bene, mi dispiace dirlo. Trovare il corpo di Spike è stato uno shock per lui. Ha degli incubi e non mangia più..."

Aveva un'aria comprensiva. "Beh, non c'è da meravigliarsi. Adam e Spike erano così buoni amici. Tra la musica e i cani, quei due avevano molto in comune. Adam andava persino d'accordo con Beast, che non è il più amichevole dei cani, credimi." Disse 'cani' ma il tono diceva 'carogne'.

"Marian, prometto di essere veloce, ma puoi rispondere ad alcune domande per me?"

"Ci proverò", rispose lei senza molto entusiasmo.

Tirai fuori la lista di domande di Susan Doyle. "Spike aveva dei nemici?"

Lei rise. "Certo, aveva un sacco di nemici – era un po' stronzo – ma nessuno che l'avrebbe ucciso."

"Doveva dei soldi a qualcuno o qualcuno gli doveva dei soldi?"

"Nessuno gli doveva dei soldi, ma gli Screaming Zombies pensavano che lui dovesse loro dei soldi. Non gli piaceva che usasse il nome della band per il suo negozio. Gli avevano fatto causa, ma non l'avrebbero ucciso. "

"Perché no?" Domandai, chiedendomi come potesse essere così sicura.

"Perché non ne avrebbero il coraggio! Conosco quei ragazzi da una vita; io e Spike ci conoscevamo da molto tempo, e ti dico che sono troppo cagasotto per farlo."

"Potrebbe essere stata una rapina andata male?" Chiesi, attenendomi al copione di Susan.

"No, non mancava nulla. Sono la contabile, quindi lo saprei." Finì il suo caffè.

Sapevo che era pronta a scappare, così lasciai perdere le domande e le chiesi a bruciapelo: "Chi pensi abbia ucciso Spike? La tua migliore ipotesi."

"Ti dirò chi è stato: credo sia stato Steve Michaels. Lui e Rosa litigavano sempre come pazzi, urlando e gridando, e lei aveva appena chiesto il divorzio. Lui era super geloso."

"Cosa c'entra questo con Spike?"

"Andava a letto con lei."

CAPITOLO 17

"Da quanto tempo Spike e Rosa andavano a letto insieme?" Chiesi.

Uno sguardo di disgusto le balenò sul viso così velocemente che quasi non lo percepii. "Chi lo sa? Chi se ne frega?" disse lei, con leggerezza.

Mi sembrava che in realtà le importasse. "Spike ha avuto altre fidanzate, o ex fidanzate?"

"Era una rock star, cosa credi? C'erano sempre groupies e puttanelle intorno a lui."

Si mise la borsa in spalla e spinse indietro la sedia per alzarsi. Mi sentivo come quando ero in tribunale e il giudice diceva: "Finisca, avvocato, non c'è più tempo."

"E tu?" Chiesi.

Strinse gli occhi. "Io cosa?"

"Beh, tu e Spike siete mai stati insieme, come coppia?"

Lei scosse la testa e la sua coda di cavallo oscillò avanti e indietro. "Una volta stavamo insieme, ma è stato molto tempo fa. Storia antica. Comunque, devo andare. Buona fortuna con Adam, salutalo da parte mia." E se ne andò.

Finii il mio caffè e rimasi un pò al sole, mentre pensavo alla nostra conversazione. Marian sembrava convinta che Steve fosse l'assassino, ma quanto era affidabile? Aveva il suo tornaconto? La mia fantasticheria fu interrotta dal bip di un messaggio. Guardai il mio telefono e lessi: "Per divertirti, chiama Duke." Poi un secondo testo, "Soddisfazione garantita!" Pensai che avrei fatto meglio a chiamarlo prima che i suoi sms si trasformassero in sexting.

"Perché ci hai messo così tanto, cara?"

"Ehi, Duke! Mi dispiace, so che trenta secondi sono tanti. Cosa hai scoperto?"

"Prima tu."

Appoggiai i piedi sulla sedia di fronte a me e mi misi comoda. "Marian Wolinsky è un enigma, avvolto in un mistero, in un corpo da newyorkese. Non so se ha i suoi motivi, ma dice che Steve Michaels è il colpevole, che era geloso perché Spike e Rosa andavano a letto insieme."

Duke emise un basso fischio di sorpresa. "Questo conferma il motto degli investigatori privati: "Tutti mentono."

Mi misi a sedere. "Questo è anche il motto degli avvocati, e non lo insegnano alla facoltà di legge. Chi sta mentendo?"

"Penso che sia la tua ragazza, perché credo alla mia. Rosa dice che lei e Spike non hanno mai fatto gli sporcaccioni. L'ha portata in un hotel per allontanarla da Steve, che si comportava da pazzo e minacciava di ucciderla. Era spaventata, e la gente non mente quando ha paura."

"Pensa che Steve abbia ucciso Spike?"

"Questa è la parte divertente, lei dice di no. Ha detto che non ha mai minacciato nessun altro. Era geloso da morire, ma se la prendeva sempre e solo con lei."

"Ma perché Marian dovrebbe mentire? Forse credeva davvero che andassero a letto insieme. Voglio dire, se li ha visti entrare in un hotel, è ovvio che l'abbia pensato. Allora, cosa dovremmo fare adesso?"

"Lascia fare a me, cara. Scoprirò dov'era Steve al momento dell'omicidio. E non escludo lo zombie, Daryl, controllerò anche lui."

"Grazie, Duke! Penso ancora che Adam sappia qualcosa. Domani mattina assisterò alla sua seduta di ipnosi. Perché non ci becchiamo dopo?"

"Tesoro, puoi beccarmi quando vuoi. Non mi dispiacere neanche un pò."

CAPITOLO 18

Ero appena tornata a casa e stavo per dare da mangiare al gatto che non faceva nemmeno finta che gli piacessi, quando Grace chiamò.

"Wow! Sei una sensitiva. Stavo per chiamarti..." Dissi.

"Jamie", disse Grace, "Non ci crederai mai. Ho appena parlato con Susan Doyle: ha detto che Rosa Michaels è stata investita e uccisa questo pomeriggio! I testimoni dicono che l'aveva proprio puntata. Suo marito Steve è stato arrestato e vogliono incolparlo anche dell'omicidio di Spike. La loro teoria è un triangolo amoroso finito male. Quindi, Adam è fuori pericolo per ora, forse per sempre."

"Non so nemmeno cosa dire..." Mi sedetti sulla mia poltrona, cercando di assorbire questa notizia bomba.

"Non sei felice? È una grande notizia."

"Non per Rosa Michaels", precisai.

"Lo so, lo so. Quella povera ragazza... ha sposato un assassino. Succede troppo spesso. Hai intenzione di chiamare tua zia e darle la notizia?"

Mi girava la testa. "Sì, lo farò. Sarà sollevata. Non

sapeva che Adam stava per essere accusato, ma sono sicura che fosse preoccupata. La sua preoccupazione principale è ancora Adam... è un disastro."

"Forse, sapendo che hanno arrestato Steve si sentirà meglio?" Suggerì Grace.

"Non lo so; lascerò che sia il dottor Simon a decidere. Ho già provato a giocare al detective; non sono pronta a dilettarmi con la psicoterapia!"

"Che ne dici di una shopping terapia, invece?" Grace rise.

"Quella la posso gestire." Dissi. Ci demmo appuntamento per una sessione di shopping con cena per il fine settimana successivo e riagganciammo.

Mi sentivo combattuta. Ero sollevata perché Adam non sarebbe stato arrestato, ma mi sembrava ancora che mancasse un pezzo del puzzle. Decisi di non dirlo subito a Duke – lasciagli finire di controllare dove si trovava Steve al momento dell'omicidio. E poi c'era Adam che stava ancora soffrendo. Non ero sicura che l'arresto di Steve avrebbe fatto la differenza per lui. Sapevo che avrei contato le ore fino alla sua ipnoterapia del mattino dopo. Mi preparai per una lunga notte.

CAPITOLO 19

QUELLA MATTINA FURONO NECESSARI DUE CAFFÈ per riuscire ad aprire gli occhi. Dovevo aver dormito *un po'* tra la visione di repliche di "Friends" e "30 Rock", ma di sicuro non mi sembrava così. Ero nervosa, ma non sapevo bene perché. Avrei avuto bisogno di qualcuno che mi facesse ridere, proprio in quel momento. Dov'era Duke quando avevo bisogno di lui?

Alle dieci, chiamai il Dr. Simon su Skype e facemmo un po' di prove audio video. Poi stese temporaneamente un panno sullo schermo, in modo che Adam non mi vedesse entrando. Lo rimosse dopo che Adam si sdraiò comodamente sul divano.

Contrariamente alla credenza popolare, per l'ipnosi non servono oggetti luccicanti. Era semplicemente un esercizio di rilassamento profondo, il dottor Simon dava suggerimenti con una voce morbida come il cotone. Adam sembrava addormentato, ma era ancora in grado di rispondere alle domande. Per prima cosa, il Dr. Simon gli chiese di valutare la sua ansia su una scala da uno a cinque, con una descrizione specifica per ogni numero. Poi, disse a Adam di immaginarsi al comando di un ascensore in un edificio con cinque piani, dove lui era l'unico che poteva premere i pulsanti. Se avesse iniziato a sentirsi ansioso, tutto quello che doveva fare sarebbe stato portare l'ascensore a un piano inferiore.

"Ti piacciono gli ascensori, Adam?" Chiese il dottor Simon.

"Sì..."

"Non dimenticare di premere i pulsanti quando ne hai bisogno, Adam. Sei in un luogo sicuro. Qui niente può farti del male. Ti senti al sicuro ora?"

"Mi sento al sicuro."

Poi il dottor Simon gli fece alcune domande neutre sui suoi cani prima di fare la domanda successiva.

"Conosci un cane di nome Beast?"

"Il cane di Spike. Come il batterista... Led Zeppelin."

"Ti piace Beast?"

"Beast è un buon cane. Gli piace giocare."

"Quando è stata l'ultima volta che hai visto Beast, Adam?"

Adam cominciò a sbraitare. "Lo sento abbaiare... è arrabbiato. Perché abbaia? Dov'è Spike? Non posso entrare lì dentro! No, no!"

Il dottor Simon fece marcia indietro. "Va tutto bene, Adam. Non devi andare lì dentro. Non dimenticare i pulsanti dell'ascensore. Fai un respiro profondo e lasciati andare. Premi il pulsante numero uno e scendi. Ti senti meglio?"

"Sì..."

"Ora, Adam, non devi andare nella stanza dove si trova Beast, ma ho bisogno di chiederti di quel giorno, ok?"

Nessuna risposta.

"Adam, hai detto di aver fatto una cosa brutta. Qual era la cosa brutta?"

Le lacrime cominciarono a scendere sul viso di Adam.

"Adam, ascoltami. So che pensi di aver fatto una cosa brutta, ma non è così. Forse hai fatto un errore, ma non hai fatto nulla di male. Ok?"

Nessuna risposta.

"Adam, per favore, ripeti dopo di me. Non ho fatto niente di male."

Adam cominciò a scuotere la testa da un lato all'altro.

"Adam, ascoltami." Il dottor Simon disse gentilmente. "Non hai fatto nulla di male. Ne sono sicuro. Ora, puoi ripetere dopo di me?"

"Ok."

"Puoi dirlo per me? Non ho fatto niente di male."

Con una voce bassissima, quasi impercepibile, Adam disse: "Non ho fatto niente di male."

"Bene! Ora qual era la cosa brutta?"

"Non volevo farlo! Mi dispiace, Spike. È colpa mia, tutta colpa mia!"

"Adam, ascoltami. Facciamo finta che tu sia una mosca. Ci riesci?"

"Sì."

"Riesci a sentire le tue finte ali?"

"Mh-mh."

"Ok, ora sei una mosca e stai guardando Adam fare la cosa che lui pensa sia brutta. Parlami di questo. Sei una mosca che può parlare... fai solo finta."

"Adam sta suonando la musica con Spike. Stanno ridendo. Adam chiede "Qual è la tua canzone preferita Spike? Spike sorride. Dice 'Rosalinda's Eyes'...gli ricorda Rosa..."

"Chi è Rosa?" Chiese il dottor Simon.

"È un'insegnante. È carina."

"Allora cos'è successo? Ricordati che stai ancora fingendo di essere una mosca."

"Adam chiede a Spike se ama Rosa. Spike risponde di sì. Ma è un segreto... non dirlo."

"E poi cos'è successo?"

"Adam non ha mantenuto la sua promessa! Perché l'hai fatto, Adam? Sei cattivo!"

"Come ha fatto Adam a infrangere la sua promessa?" Il dottor Simon lo pungolò.

"L'ha detto! Ha promesso, ma l'ha detto lo stesso..."

"A chi l'ha detto Adam?"

Nessuna risposta.

"Ora sto parlando con la nostra finta mosca, signor Mosca, a chi l'ha detto Adam?

"Così arrabbiato! Immagini rotte, taglienti! Mi fa male il dito... mi dispiace, mi dispiace, mi dispiace!"

"Chi è arrabbiato?"

"Non posso dirtelo."

"Adam, hai detto a Steve il segreto?"

"No."

"A chi l'hai detto?"

Adam cominciò a tirarsi i capelli. "Era così arrabbiata!"

"Fai un respiro profondo. Premi il pulsante e scendi con l'ascensore. Ci riesci?"

"Sì."

"Ti senti meglio, Adam?" Il dottor Simon parlava dolcemente.

"Meglio..."

"Facciamo un gioco di indovinelli, ok? È stata Rosa, l'hai detto a Rosa?"

"No... Rosa è carina."

"Va tutto bene, la mosca può dire chi era arrabbiato."

Adam iniziò a tremare e a piangere. "Spike è morto! Spike era il mio migliore amico..."

"Adam, hai fatto male a Spike?"

"NO!"

"Allora non è colpa tua. Mi hai sentito? Non è colpa tua. Ripeti dopo di me: non è colpa mia."

"Non... è....colpa... m-m-mia..."

"Ora dimmi, Adam, chi era arrabbiato?"

"Era... Marian!"

CAPITOLO 20

MARIAN DEVE AVER UCCISO SPIKE! PROPRIO IL giorno prima avevo chiacchierato con lei e bevuto un caffè. Sentii un brivido lungo la schiena. Ora, cosa faccio?

Guardai il dottor Simon far uscire Adam dal suo stato ipnotico. Ero preoccupata che Adam potesse sentirsi peggio dopo tutto quello che aveva passato, ma con mia sorpresa, sembrava stare meglio. Non era spensierato, era più come se gli fosse stato tolto un peso. Fece persino un mezzo sorriso al dottor Simon. Anche se ora era molto più alto, Adam sembrava ancora quel bambino assonnato a cui facevo da babysitter, che leggeva storie di animali sotto le coperte prima di addormentarsi.

Si potrebbe pensare che io sapessi cosa fare a quel punto, considerando tutti i gialli che ho letto e tutte le serie televisive che ho guardato, ma non ne avevo idea. Sapevo una cosa per certo, dovevo parlare con Grace! Odiavo farlo per messaggio, ma lei era al lavoro e non potevo aspettare. La pazienza non è il mio forte.

Ehi G, le cose si sono appena fatte interessanti! Siamo ad una svolta, Adam sotto ipnosi ci ha detto la cosa "cattiva" che ha fatto, quella che secondo lui ha fatto uccidere Spike.

OMG! Perché mi lasci sulle spine così? Perché sei così cattiva?

LOL! Ha rivelato un segreto che Spike gli aveva chiesto di non dire, il segreto era...

Ti uccido!!!!

Il segreto era che Spike era innamorato di Rosa! Adam ha vuotato il sacco e lo ha detto a qualcuno che si è arrabbiato molto, molto....

Pagherai per questa tortura. Parola mia.

Rullo di tamburi, per favore.... era Marian!!!

Non ci credo!!!

Sì! E ora posso aggiungere al mio curriculum "caffè con un assassina." Forse posso trovare lavoro nel sistema carcerario.

Wow! Ma come fai a sapere con certezza che sia lei?

Non lo so, ma il mio istinto mi dice che è lei. E Adam ci crede.

Dovete andare dal procuratore di stato con questa informazione.

Ma io odio quel tipo! Non farmi parlare con lui! Jamie....

Sigh. Ok, ma mi hai appena rovinato la giornata.

Ora siamo pari. Lol! Buona fortuna!

Mi ci volle giusto un minuto per capire che non potevo andare da Nick, il procuratore di stato, e accusare Marian di aver ucciso Spike per gelosia – non perché fosse il mio arci nemico, io Magneto lui il Professor Xavier – ma perché non mi avrebbe mai creduto. Voglio dire, che prove avevo? Le parole di mio cugino ipnotizzato, traumatizzato e autistico? Non l'avrebbe presa bene, di certo. Quello di cui avevo bisogno era una prova. Avevo bisogno di Duke, dannazione!

Dov'era finito, comunque? Era strano che non avessi avuto sue notizie, nemmeno un messaggio osceno. Lo chiamai, ma partì la segreteria. Gli mandai un messaggio, nessuna risposta. Mi preparai un po di pane tostato e poi chiamai l'unico posto che mi veniva in mente.

"È sempre Mardi Gras al The Big Easy, sono Brendan, come posso aiutarla?

"Ciao Brendan, sto cercando Duke Broussard, l'hai visto?"

"Ehm, beh... Duke?" Potevo sentire Duke in sottofondo che diceva "Non sono qui."

"Brendan?"

"Sì, signora. Mi dispiace ma..."

"Brendan, sono l'avvocato del signor Broussard e devo parlare con lui, immediatamente. Per favore, passamelo."

"Sì signora, ok... bene, eccolo qui."

Sentii il telefono passare di mano in mano e poi Duke disse ciao, ma non sembrava che stesse bene, per niente.

"Duke? Che cosa c'è? Stai male, hai bisogno che ti porti all'ospedale?"

"Non ho bisogno dell'ospedale." Stava biascicando, come se avesse bevuto molto. C'era qualcosa che non andava. L'alcol rende alcune persone depresse, ma non Duke. Di solito era l'ubriaco più felice del pianeta.

"Resta lì, Duke! Ci vediamo tra cinque minuti." Mi misi dei jeans e una maglietta, saltai in macchina e corsi verso il Big Easy. Una volta avevo una vita così tranquilla, che diavolo era successo? Sembrava che ci fosse una nuova crisi al giorno. Forse dovrei comprare una sirena per il tetto della macchina e dipingere il pannello della portiera con la scritta: "Tieni duro, sto arrivando!"

Oh, Duke! Eri tu che dovevi salvare me, non il contrario...

CAPITOLO 21

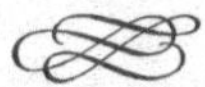

Quando arrivai al The Big Easy, vidi uno sciame di clienti che si aggirava intorno al bar esterno, per lo più turisti, ma niente Duke. Entrai, ero in missione per salvare Duke dai suoi demoni, da sé stesso, o da qualsiasi altra cosa. Era buio lì dentro, dovetti aspettare che i miei occhi si adattassero. Poi lo vidi, rannicchiato sul bancone, dove sembrava essere stato tutta la notte. Non si era fatto la barba, indossava abiti sgualciti e aveva un'aria sconfitta.

Lo toccai leggermente sulla spalla. "Duke, stai bene? È successo qualcosa?"

Scosse la testa, troppo infelice per parlare.

Mi sedetti accanto a lui. "C'è qualcosa che posso fare per te?" Non uscì nemmeno un'oscenità dalla sua bocca, eppure io gli avevo dato l'impostazione perfetta. C'era davvero qualcosa che non andava. Rimasi seduta con lui per un pò, nessuno dei due disse nulla. Brendan, la barista, mi portò un bicchiere d'acqua. Dopo circa quindici minuti, Duke mi guardò con le lacrime agli occhi.

"Avrei potuto salvarla, Jamie. Quella dolce ragazza mi ha detto che aveva paura, ha detto che lui avrebbe cercato di ucciderla… ma io le ho detto: 'Non preoccuparti, andrà tutto bene'. E ora è morta, Rosa è morta! Quel bastardo geloso l'ha uccisa. Proprio come ha ucciso Spike." Duke appoggiò la testa sul bancone in segno di sconfitta.

"Duke! Non è colpa tua" dissi, dandogli una leggera pacca sulla schiena. "E Steve non ha ucciso Spike."

Duke mi guardò come se fossi pazza. "Che diavolo stai dicendo, Jamie?"

"È stata Marian. Anche lei aveva un piccolo problema di gelosia."

"Dannazione, Jamie! Questa gente è pazza!"

"Questo la dice lunga, detto da te, Duke!" Risi, e poi lo fece anche lui.

"Perché sei qui, comunque?", chiese lui, sollevandosi un po'.

"Sono venuta qui per salvarti. Beh, quello che è rimasto da salvare. Temo che il tuo fegato sia una causa persa, ormai."

Anche Brendan, la barista, sorrise.

"In realtà", dissi, "sono venuta a dirti che Adam è al sicuro, ma ho ancora bisogno del tuo aiuto. Se vogliamo inchiodare Marian, ho bisogno di prove da portare al procuratore di stato, quel piccolo pallone gonfiato. Ci stai?"

"Puoi scommetterci, cara. Ma che ne dici di fare colazione prima? Cosa prendi, un Bloody Mary o un Mimosa?"

CAPITOLO 22

Dopo una colazione a base di uova strapazzate e porridge di mais per contorno (niente Mimosa), aiutai Duke a trovare un taxi che lo portasse a casa; non era in condizioni di guidare. Poi mi diressi a casa di zia Peg; volevo vedere come stesse Adam dopo la sua mattinata difficile e aggiornare mia zia.

Mia zia aprì la porta prima che potessi bussare e mi fece entrare. Mi abbracciò velocemente e mi sussurrò: "Ehi Jamie."

Sussurrai di rimando: "Perché stiamo sussurrando?"

Indicò il divano dove Adam stava dormendo con Angus, il terrier scozzese, appisolato sul suo petto, e Bono, il setter irlandese, accasciato sul pavimento. La seguii in cucina dove potevamo sederci e chiacchierare.

"Come sta, dopo questa mattina?" Chiesi.

Lei sorrise. "Il dottor Simon era molto soddisfatto dei progressi che hanno fatto. Pensa che, con il tempo, Adam tornerà ad essere quello di prima. Infatti, mentre stavamo tornando a casa Adam ha detto: "Mamma, mi manca Spike.""

"Sono così felice di sentirlo! E ho altre buone notizie per te: il procuratore di stato non crede che Adam abbia qualcosa a che fare con l'omicidio di Spike. Pensa che sia stato Steve Michaels, l'insegnante di musica." Decisi di non tirare in ballo Marian.

"Oh, grazie a Dio! Ma, povera Rosa... ho sentito al telegiornale che è stata uccisa, pensano che sia stato Steve?"

"Sì, è così."

Scosse la testa con tristezza. "Jamie, lei era una bellissima persona, così gentile e premurosa... che tragedia!"

"Non servirà a riportarla indietro, ma sono fiduciosa, sarà fatta giustizia."

"Lo spero", disse mia zia.

Mentre ci stavamo salutando, pensai una cosa. "L'ultima volta che sono stata qui, non ho più visto la "roba musicale" di Adam nella sua stanza. Mi sento in colpa, cosa voleva mostrarmi?"

Zia Peg pensò per un secondo. "Oh, so cos'era! Voleva mostrarti i video di lui che suona diversi strumenti."

"Oh, si registra da solo?"

"No, Spike ha registrato tutte le loro lezioni."

CAPITOLO 23

"Davvero? Dimmi di più", dissi.

"Non sono sicura, ma credo che Spike avesse installato una telecamera sul soffitto per registrare tutte le lezioni."

"Buono a sapersi."

Ci salutammo, dopo aver promesso una cena per domenica. La mia lista di impegni era bella piena, ultimamente!

Quello che dovevo fare dopo era così sgradevole che quasi mi convinsi a non andare. *Fallo e basta, Jamie, strappa il cerotto.* Così feci. Andai a casa e lo chiamai, l'irascibile procuratore di stato, il mio nemico giurato, Nick Dimitropoulos. Non mi disse nemmeno un "Ciao." Un tipo davvero piacevole.

"Se hai chiamato per leggermi altri statuti, Quinn", disse, "non disturbarti. Abbiamo un nuovo sospetto."

Non appena sentii la sua voce, me lo immaginai, dai capelli lisciati all'indietro fino alle sue scarpe lucide. Sentii la mia pressione sanguigna salire.

"Beh, Nick, ricordi che l'ultima volta hai preso il

ragazzo sbagliato? Sei a due su due. Non è stato Steve Michaels."

"Prima di tutto, non ho detto che il tuo cliente è stato scagionato come sospettato, e, secondo, perché ti interessa se abbiamo l'uomo sbagliato? O è tuo cugino anche lui?" Potevo quasi vederlo sogghignare attraverso il telefono.

"E anche se Adam fosse mio cugino? Non è che abbia mentito. E mi interessa perché il vero assassino è ancora là fuori. Non è il tuo lavoro proteggere la gente?"

"Quella è la polizia, ma capisco il tuo punto di vista. Chi è, allora?" Sembrava sinceramente curioso.

"Non è affatto un uomo. È una donna: Marian Wolinsky. Era la contabile di Spike e la sua ex ragazza rancorosa."

"Teoria interessante, Quinn, ma dove sono le prove? Sono sicuro che le sue impronte e il suo DNA sono su tutta la scena del crimine, perché lavorava lì."

"Sei sempre così sarcastico, e un trattamento speciale per me? La prova è nella telecamera che Spike ha nascosto nel soffitto. Potresti avere l'omicidio su pellicola."

Prendi questo, figlio di puttana compiaciuto, pensai.

"Controllerò, Quinn... e, um, grazie per la dritta."

"Non c'è di che." Che sorpresa. Forse c'era speranza per lui. Tutto è possibile.

Dopo aver riattaccato, mi chiesi: e se la telecamera non avesse registrato? Che si fa?

CAPITOLO 24

Avevo chiaramente bisogno di un piano B, così mi sedetti al computer e aprii il sito web della motorizzazione della Florida. Sapevo che Marian guidava una Volkswagen Jetta argento perché l'avevo vista da Starbucks, ma volevo sapere che macchina guidasse Steve Michaels. Si rivelò essere una Toyota Corolla, anche questa grigio metallizzato. Recuperai la notizia dell'omicidio di Rosa e appresi che era stata una piccola auto grigio metallizzato ad investirla. Nessuno dei testimoni era riuscito a identificare la marca dell'auto, o se il conducente fosse un uomo o una donna. Guardandole una accanto all'altra, vidi che la Corolla era molto simile alla Jetta. Ovvio! Non ci può essere una cosa facile. Ma poi mi chiesi: se Adam era ormai al sicuro, perché non avevo lasciato perdere?

Se avessi lasciato perdere, sarei potuta tornare alla mia vita e non avrei più dovuto avere a che fare con Nick viscidik, o rincorrere Duke per tutta la città. Ma conoscevo la risposta. Non potevo tornare alla mia vecchia vita perché non avevo una vita. Avevo vissuto nell'ombra, senza fare nulla, senza vedere nessuno, semplicemente esistendo. Tutto quello che facevo era ronzare tutto il giorno in una casa vuota, facendo compagnia a un gatto che mi evitava. E, non contando lo stress, il panico, la paura e le aggravanti che avevo vissuto nelle ultime settimane, questo era il massimo del divertimento degli ultimi anni. Ed era una sfida in cui buttarmi a capofitto. Quando tutto questo sarebbe finito, dovevo tornare a vivere. Perché non l'avevo capito prima?

Mentre riflettevo sulla mia vita, andai verso il congelatore in cerca di qualcosa da mettere nel microonde. Era ora di cena e stavo morendo di fame. Mentre aspettavo che il mio burrito vegetariano si cuocesse, diedi da mangiare a quell'ingrato del mio gatto. Poi sentii un bip e pensai che il mio burrito fosse pronto, ma era Duke che mi chiamava al cellulare.

"Ehi, cara, solo una domanda."

"Dimmi."

"Dove diavolo è la mia macchina?"

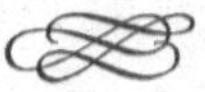

CAPITOLO 25

"Davvero non ti ricordi?" Chiesi.

"Beh, più o meno, in parte. Non proprio..." Duke sembrava imbarazzato.

"Cavolo, Duke. Forse è il momento di un programma di disintossicazione. Sei andato a casa in taxi perché eri ubriaco, quindi... dov'è la tua macchina?"

"The Big Easy?"

"Sì." Tolsi il mio burrito dal forno e lo ricoprii di salsa.

"Puoi darmi un passaggio, domattina?"

"Certo", dissi, e poi lo aggiornai su tutto quello che si era perso: La rivelazione di Adam sotto ipnosi, la telecamera di Spike sul soffitto, la mia conversazione con Nick e le due auto metallizzate che si somigliavano.

Duke fischiò sotto i denti. "Questa storia diventa sempre più strana. Quando mi vieni a prendere domani, fermiamoci in quell'hotel dove è stata Rosa. Ho un'idea."

"Dici sul serio o è una delle tue battute meno volgari per rimorchiare?"

"Ahi, che male! Certo che sono serio. Lo sapresti se fosse una battuta per rimorchiare. Nessuno *mi* ha mai accusato di essere sottile."

Risi. "Se lo facessero, mentirebbero."

~

Duke viveva in un quadrilocale in Roosevelt Street. Sembrava abbastanza carino, il cortile era tenuto bene e c'era una bicicletta da bambino davanti alla porta più lontana. Aveva proprio un bell'aspetto, quando si infilò nel sedile del passeggero. Era ben rasato e aveva un buon odore.

"Ehilà, tutto bene oggi?" disse.

"Non potrebbe andare meglio, tu?"

"Sono pronto a prendere a calci qualche culo", disse.

"Una giornata normale, allora?" Sorrisi.

Lui si mise a ridere. "Proprio così, cara."

"Dove andiamo?"

Duke mi indirizzò verso un piccolo hotel chiamato Villa Alfredo sulla A1, vicino alla spiaggia. Mi chiese di aspettare in macchina mentre lui entrava. Accesi la radio e ascoltai le notizie. Ci mise un bel po', ma quando tornò, stava sorridendo.

"Sputa il rospo", dissi.

"Ce l'ho in pugno! I testimoni dicono che Steve Michaels era qui la mattina in cui Spike è stato ucciso. Non è stato lui."

"Cosa stava facendo qui?" Chiesi. "E perché dovrebbero ricordarsi di lui?"

"Perché li faceva rabbrividire! È stato seduto in macchina davanti all'hotel tutta la mattina. Stava seguendo Rosa."

"Questa è una grande notizia! Attenta Marian; ti stiamo dietro. Duke, sei il migliore!"

Duke si limitò a sorridere e ad annuire con la testa. "È quello che dicono tutte le ragazze, cara."

CAPITOLO 26

"Duke, fermiamoci all'ufficio del procuratore. Voglio dirgli questa cosa. Inoltre, muoio dalla voglia di sapere se hanno trovato la videocamera di Spike."

"Certo, come vuoi."

Era impossibile superare la segretaria di Nick. Insisteva che avevamo bisogno di un appuntamento e non voleva cedere. Dissi 'nessun problema' e andammo via. Una volta nel corridoio, chiamai Nick sul suo interno diretto e dissi che avevo delle informazioni per lui. Quando accettò di vedermi, gli chiesi di informare la sua segretaria. Come un dejà vu eravamo di nuovo alla sua scrivania, però questa volta ci guardava con cipiglio. Senza una parola, ci fece entrare, poi chiuse la porta offesa.

"Di sicuro sai come farti degli amici, Quinn, te lo dico io. Che succede?" Chiese Nick.

"Nick, questo è Duke Broussard, è un investigatore privato che mi sta aiutando. Duke, per favore, racconta a Nick cosa hai scoperto questa mattina."

Alla fine del racconto di Duke, Nick sembrava impressionato.

"Ottimo lavoro, ma abbiamo ancora un problema nel provare che Marian sia colpevole. Possiamo collocarla sulla scena, ma ha detto alla polizia di essere arrivata dopo l'omicidio."

"E la telecamera, l'hai trovata?" Chiesi, letteralmente con il fiato sospeso.

Nick si accigliò. "Sì e no. La telecamera era lì e *stava* registrando, ma non ha ripreso l'omicidio. Dovevano essere fuori portata."

Tutti e tre seduti lì stavamo metabolizzando quelle informazioni. E poi qualcosa scattò nel mio cervello.

"È comunque una buona notizia", dissi.

"Che diamine, Jamie?" Mormorò Duke.

"In che senso?" chiese Nick.

"Marian non sa della telecamera! Se lo avesse saputo, l'avrebbe tolta", dissi.

"E allora? Disse Duke.

Sorrisi. "Guardate e imparate, ragazzi." Presi il mio cellulare e chiamai Marian. Avevo ancora il suo numero nel telefono dal nostro incontro da Starbucks. La mia chiamata andò direttamente alla segreteria telefonica, come speravo.

Dopo il bip, dissi: "Sono Jamie Quinn, mi dispiace disturbarti, ma ho una domanda veloce. Adam mi ha detto che Spike aveva una telecamera sul soffitto per registrare le sue lezioni. Prima di dirlo alla polizia, voglio sapere se è vero. Potresti farmelo sapere? Grazie."

Mi rivolsi a Nick. "Devi mandare qualcuno al *The Screaming Zombie* perché sta andando lì a prendere la telecamera."

Duke aveva un'aria interrogativa. "Come fai a sapere che ascolterà il messaggio?"

"Perché è prudente", ho detto. "Ha bisogno di sapere se qualcuno le sta addosso, quindi, ovviamente, ascolterà la segreteria. Quando saprà della telecamera, correrà lì per distruggerla. Non sa che non c'è niente sopra." Mi sentivo piuttosto compiaciuta, devo ammetterlo.

Nick si appoggiò alla sedia e sorrise. "Non male, Quinn", disse. Poi prese il telefono sulla scrivania e fece alcune chiamate. Quando ebbe finito, la trappola era pronta. Dovevamo solo aspettare che Marian facesse la sua mossa.

CAPITOLO 27

"Per poco non cadeva dalla scala quando la polizia ha fatto irruzione!"

Grace ed io eravamo sedute nel suo ufficio e le stavo raccontando di come avevo incastrato Marian. In realtà, come *noi* avevamo beccato Marian perché, senza Grace e Duke, Susan Doyle e Adam, zia Peg e sì, anche Nick Dimitropoulos, Marian l'avrebbe fatta franca.

"Wow! Avrei pagato per vedere la sua faccia", disse Grace.

"Ma aspetta, c'è di più", dissi.

"Sto aspettando", disse Grace, tamburellando le dita sulla scrivania. "E ho esaurito la pazienza."

"Non solo Marian è stata portata via, ma anche la sua macchina, che si è rivelata essere l'altra arma del delitto." Lasciai che realizzasse da sola.

Grace sussultò. "Ha ucciso anche Rosa!"

"Era pazza di gelosia. Pensava che Spike e Rosa andassero a letto insieme. Probabilmente non le sarebbe importato, in realtà, dato che Spike andava a letto con tutti, ma, quando Adam le ha detto che

Spike era innamorato di Rosa, Marian ha perso completamente la testa."

Grace sembrava pensierosa. "Quindi, c'era davvero un triangolo amoroso, solo non quello che pensavamo. Marian amava Spike, Spike amava Rosa, e Rosa?"

"Amava ancora Steve, il suo fidanzato del liceo, anche dopo che lui era stato così violento."

"Ma cosa è successo con Spike, lo sappiamo?"

"Ecco la cronologia: la notte prima dell'omicidio, Spike ha portato Rosa in un hotel per proteggerla da Steve. Sappiamo che Spike ha ricevuto delle chiamate quella notte sia da Steve che da Daryl, uno degli zombie. Steve stava probabilmente cercando Rosa. La mattina dopo, Spike ha fatto colazione con Daryl alla tavola calda accanto e hanno avuto una discussione. Poi, dopo la colazione, Spike è andato al negozio di musica dove Marian stava aspettando. Lei era furiosa perché pensava che lui avesse passato la notte con Rosa. Ha cominciato ad urlargli contro e poi ha perso completamente la testa, ha preso il didgeridoo di Adam e ha colpito Spike sulla testa. Quando si è resa conto di quello che aveva fatto, ha lasciato l'edificio per poter fingere di essere arrivata più tardi. Il povero Adam è entrato qualche minuto dopo e ha trovato Spike morto sul pavimento."

"Wow! Questa sì che è una storia", disse Grace. "Che cosa assurda. Voglio dire, chi avrebbe immaginato che un didgeridoo potesse essere l'arma di un delitto?"

"Nessuno, soprattutto perché nessuno sa cosa sia un didgeridoo!" Risi.

"Penso che questa sia un'ottima scusa per uscire e festeggiare", disse Grace.

"Da quando abbiamo bisogno di una scusa?" Chiesi. Proprio in quel momento, il mio telefono squillò. Guardai il numero e dissi a Grace: "Scusa, devo rispondere."

"Cosa posso fare per te, Nick? Va bene se ti chiamo Nick? Non te l'ho mai chiesto veramente." Risi. "Capisco, ok, nessun problema. Arrivo subito."

Guardai Grace: "Ti dispiace se facciamo una sosta prima di andare a festeggiare?"

CAPITOLO 28

Bussai alla porta di zia Peg. Adam rispose, con un aspetto migliore rispetto a quello degli ultimi tempi.

"Ehi, Jamie!" Disse, abbracciandomi. "Non sapevo che saresti passata."

"Ciao Adam! Puoi aiutarmi a scaricare la macchina?"

"Certo, è qualcosa di pesante?"

"Guarda tu stesso." Dissi, mentre Grace apriva la porta della macchina e Beast, il pastore tedesco di Spike, saltava fuori dal sedile posteriore.

"Beast!!!" Adam urlò, correndo ad abbracciare il cane, che gli diede un grande bacio umido. Dopo trenta secondi giocavano insieme e si rotolavano per terra.

Mia zia uscì dalla casa. "Sei sicura che non ti dispiace?" Le chiesi.

"Andrà bene", disse lei. "Guarda come l'hai reso felice!"

"Penso che entrambi sembrino piuttosto felici."

Grace salutò dalla macchina e mia zia ricambiò il saluto.

"Devo andare", dissi. "Serata tra ragazze."

"Direi che te la sei guadagnata. Grazie di tutto e non dimenticare la cena di domenica."

Stavo per salire in macchina quando zia Peg mi fermò. "Jamie, voglio solo dire che tua madre sarebbe stata orgogliosa di te."

"Sarebbe stata orgogliosa anche di te", dissi, e le mandai un bacio.

CAPITOLO 29

 chiese Duke.

L'avevo portato fuori per una cena a base di bistecca al Capitol Grill come ringraziamento per il suo aiuto. Dato che ero vegetariana, stavo mangiando patate al forno e insalata.

"Non lo so", dissi, con la bocca piena di patate e panna acida. "E tu che farai?"

"Un pò di lavoro, un pò di divertimento, mi conosci, cara. Stai pensando di tornare a fare l'avvocato divorzista? Eri dannatamente brava." Si infilò in bocca un grosso pezzo di bistecca al sangue.

"Forse, almeno finché non arriva qualcosa di meglio. So solo che è ora di tornare al lavoro."

"Forse potresti raccomandarmi ai tuoi amici avvocati, specialmente a quelle avvocatesse sexy." Mi sorrise.

Scossi la testa e sorrisi. "Continua a sognare, Duke."

Fece una finta faccia dispiaciuta.

"C'è una cosa che mi piacerebbe fare", dissi, "ora che mia madre non c'è più..."

"Cosa?" Chiese Duke.

"Sono curiosa di sapere di mio padre. Non so molto di lui, tranne che era un 'grosso problema'. Ho bisogno di conoscere la sua storia. Voglio dire, forse è un mafioso, o un ladro d'arte internazionale – o forse è 'il faccendiere' dei politici corrotti. So solo che lo scoprirò."

"Sono al suo servizio, signora", disse Duke, rovesciando il suo cappello immaginario.

"Mi aiuteresti?" Dissi commossa.

"Che ne dici, Jamie?" Stava sorridendo. "*Mi piacerebbe* dirti chi è il tuo papà."

Emisi un gemito di disgusto e gli lanciai il mio tovagliolo. "Non so perché ti sopporto."

"Perché sono unico", disse Duke con un occhiolino.

Risi. "Questo è sicuro."

Mi resi conto, allora, che ero più felice di quanto non lo fossi stata da molto tempo. Avevo una nuova vita e delle persone che si preoccupavano per me; avevo anche un mistero da risolvere. Forse dovrei disegnare la mia maglietta personale "Life is Good": una con una figura stilizzata sorridente, circondata da amici.

Caro lettore,

Speriamo che leggere *Ucciso Da Un Didgeridoo* ti sia piaciuto. Per favore, prenditi un attimo per lasciare una recensione, anche breve. La tua opinione è molto importante.

Saluti

Barbara Venkataraman e il team Next Chapter

L'AUTRICE

La pluripremiata autrice Barbara Venkataraman è un avvocato del sud della Florida dove vive e trae ispirazione per i suoi libri dai titoli dei quotidiani. Ama trovare una connessione con i lettori attraverso i suoi libri e prova una particolare gioia quando le frasi scorrono bene. Oltre a scrivere narrativa, è co-autrice di *Accidental Activist: Justice for the Groveland Four* con suo figlio Josh Venkataraman sulla sua ricerca quadriennale di successo per ottenere la grazia postuma per i Groveland Four.

Ucciso Da Un Didgeridoo
ISBN: 978-4-82412-342-8
Tascabile in edizione economica

Pubblicato da
Next Chapter
1-60-20 Minami-Otsuka
170-0005 Toshima-Ku, Tokyo
+818035793528

17 Gennaio 2022